Michel Tournier

Vendredi ou La Vie sauvage

Dossier réalisé par
Nicolas Veysman

Lecture d'image par
Isabelle Varloteaux

Professeur agrégé de lettres modernes, **Nicolas Veysman** enseigne au collège des Petits-Ponts à Clamart; il est déjà l'auteur de l'accompagnement pédagogique de *Jacques le Fataliste* de Diderot dans La bibliothèque Gallimard (2005).

Historienne d'art et documentaliste, **Isabelle Varloteaux** s'est vu confier la mission de créer et d'organiser au musée de Grenoble un centre de documentation des collections, devenu aujourd'hui très performant. Parallèlement, elle collabore à plusieurs ouvrages collectifs tels que des catalogues ou des dictionnaires artistiques sur la période contemporaine. Son engagement dans la vie des collections l'a poussée récemment à délaisser son champ documentaire pour s'investir dans l'organisation de nombreuses expositions. Elle est actuellement responsable du service des collections au musée de Grenoble.

Sommaire

Sommaire

*Vendredi
ou La Vie sauvage*

pour Laurent

À la fin de l'après-midi du 29 septembre 1759, le ciel noircit tout à coup dans la région de l'archipel Juan Fernandez, à six cents kilomètres environ au large des côtes du Chili. L'équipage de *La Virginie* se rassembla sur le pont pour voir les petites flammes qui s'allumaient à l'extrémité des mâts et des vergues du navire. C'était des feux Saint-Elme, un phénomène dû à l'électricité atmosphérique et qui annonce un violent orage. Heureusement, *La Virginie* sur laquelle voyageait Robinson n'avait rien à craindre, même de la plus forte tempête. C'était une galiote hollandaise, un bateau plutôt rond, avec une mâture assez basse, donc lourd et peu rapide, mais d'une stabilité extraordinaire par mauvais temps. Aussi le soir, lorsque le capitaine van Deyssel vit un coup de vent faire éclater l'une des voiles comme un ballon, il ordonna à ses hommes de replier les autres voiles et de s'enfermer avec lui à l'intérieur, en attendant que ça se passe. Le seul danger qui était à craindre, c'était des récifs ou des bancs de sable, mais la carte n'indiquait rien de ce genre, et il semblait que *La Virginie* pouvait fuir sous la tempête pendant des centaines de kilomètres sans rien rencontrer.

Aussi le capitaine et Robinson jouaient-ils aux cartes tranquillement pendant qu'au-dehors l'ouragan se déchaînait.

On était au milieu du XVIIIe siècle, alors que beaucoup d'Européens — principalement des Anglais — allaient s'installer en Amérique pour faire fortune. Robinson avait laissé à York sa femme et ses deux enfants, pour explorer l'Amérique du Sud et voir s'il ne pourrait pas organiser des échanges commerciaux fructueux entre sa patrie et le Chili. Quelques semaines plus tôt, *La Virginie* avait contourné le continent américain en passant bravement le terrible cap Horn. Maintenant, elle remontait vers Valparaíso où Robinson voulait débarquer.

— Ne croyez-vous pas que cette tempête va beaucoup retarder notre arrivée au Chili ? demanda-t-il au capitaine en battant les cartes.

Le capitaine le regarda avec un petit sourire ironique en caressant son verre de genièvre, son alcool préféré. Il avait beaucoup plus d'expérience que Robinson et se moquait souvent de son impatience de jeune homme.

— Quand on entreprend un voyage comme celui que vous faites, lui dit-il après avoir tiré une bouffée de sa pipe, on part quand on le veut, mais on arrive quand Dieu le veut.

Puis il déboucha un tonnelet de bois où il gardait son tabac, et il y glissa sa longue pipe de porcelaine.

— Ainsi, expliqua-t-il, elle est à l'abri des chocs et elle s'imprègne de l'odeur mielleuse du tabac.

Il referma son tonnelet à tabac et se laissa aller paresseusement en arrière.

— Voyez-vous, dit-il, l'avantage des tempêtes, c'est qu'elles vous libèrent de tout souci. Contre les éléments déchaînés, il n'y a rien à faire. Alors on ne fait rien. On s'en remet au destin.

À ce moment-là, le fanal suspendu à une chaîne qui éclairait la cabine accomplit un violent arc de cercle et éclata contre le plafond. Avant que l'obscurité totale se fasse, Robinson eut encore le temps de voir le capitaine plonger la tête la première par-dessus la table. Robinson se leva et se dirigea vers la porte. Un courant d'air lui apprit qu'il n'y avait plus de porte. Ce qu'il y avait de plus terrifiant après le tangage et le roulis qui duraient depuis plusieurs jours, c'était que le navire ne bougeait plus du tout. Il devait être bloqué sur un banc de sable ou sur des récifs. Dans la vague lueur de la pleine lune balayée par des nuages, Robinson distingua sur le pont un groupe d'hommes qui s'efforçaient de mettre à l'eau un canot de sauvetage. Il se dirigeait vers eux pour les aider, quand un choc formidable ébranla le navire. Aussitôt après, une vague gigantesque croula sur le pont et balaya tout ce qui s'y trouvait, les hommes comme le matériel.

Lorsque Robinson reprit connaissance, il était couché, la figure dans le sable. Une vague déferla sur la grève mouillée et vint lui lécher les pieds. Il se laissa rouler sur le dos. Des mouettes noires et blanches tournoyaient dans le ciel redevenu bleu après la tempête. Robinson s'assit avec effort et ressentit une vive douleur à l'épaule gauche. La plage était jonchée de poissons morts, de coquillages brisés et d'algues noires rejetés par les flots. À l'ouest, une falaise rocheuse s'avançait dans la mer et se prolongeait par une chaîne de récifs. C'était là que se dressait la silhouette de *La Virginie* avec ses mâts arrachés et ses cordages flottant dans le vent.

Robinson se leva et fit quelques pas. Il n'était pas blessé, mais son épaule contusionnée continuait à lui faire mal. Comme le soleil commençait à brûler, il se fit une sorte de bonnet en roulant de grandes feuilles qui croissaient au bord du rivage. Puis il ramassa une branche pour s'en faire une canne et s'enfonça dans la forêt.

Les troncs des arbres abattus formaient avec les taillis et les lianes qui pendaient des hautes branches un enchevêtrement difficile à percer, et souvent Robinson devait ramper à quatre pattes pour pouvoir avancer. Il n'y avait pas un bruit, et aucun animal ne se montrait. Aussi Robinson fut-il bien étonné en apercevant à une centaine de pas la silhouette d'un bouc sauvage au poil très long qui se dressait immobile, et qui paraissait l'observer. Lâchant sa canne trop légère, Robinson ramassa une grosse souche qui pourrait lui servir de massue. Quand il arriva à proximité du bouc, l'animal baissa la tête et grogna sourdement. Robinson crut qu'il allait foncer sur lui. Il leva sa massue et l'abattit de toutes ses forces entre les cornes du bouc. La bête tomba sur les genoux, puis bascula sur le flanc.

Après plusieurs heures de marche laborieuse, Robinson arriva au pied d'un massif de rochers entassés en désordre. Il découvrit l'entrée d'une grotte, ombragée par un cèdre géant ; mais il n'y fit que quelques pas, parce qu'elle était trop profonde pour pouvoir être explorée ce jour-là. Il préféra escalader les rochers, afin d'embrasser une vaste étendue du regard. C'est ainsi, debout sur le sommet du plus haut rocher, qu'il constata que la mer cernait de tous côtés la terre où il se trouvait et qu'aucune trace d'habitation n'était visible : il était donc sur une île déserte. Il s'expliqua ainsi l'immobilité du bouc qu'il avait assommé. Les animaux sauvages qui n'ont jamais vu l'homme ne fuient pas à son approche. Au contraire, ils l'observent avec curiosité.

Robinson était accablé de tristesse et de fatigue. En errant au pied du grand rocher, il découvrit une espèce d'ananas sauvage qu'il découpa avec son couteau de poche et qu'il mangea. Puis il se glissa sous une pierre et s'endormit.

Réveillé par les premiers rayons du soleil levant, Robinson commença à redescendre vers le rivage d'où il était parti la veille. Il sautait de rocher en rocher et de tronc en tronc, de talus en talus et de souche en souche, et il y trouvait un certain plaisir parce qu'il se sentait frais et dispos après une bonne nuit de sommeil. En somme sa situation était loin d'être désespérée. Certes, cette île était apparemment déserte. Mais cela ne valait-il pas mieux que si elle avait été peuplée de cannibales ? En outre elle paraissait assez accueillante avec sa belle plage au nord, des prairies très humides et sans doute marécageuses à l'est, sa grande forêt à l'ouest, et, en son centre, ce massif rocheux que perçait une grotte mystérieuse et qui offrait un point de vue magnifique sur tout l'horizon. Il en était là de ses réflexions quand il aperçut au milieu de la piste, qu'il avait suivie la veille, le cadavre du bouc assommé. Déjà une demi-douzaine de vautours au cou déplumé et au bec crochu se disputaient la charogne. Robinson les dispersa en faisant tournoyer son bâton au-dessus de sa tête, et les gros oiseaux s'envolèrent lourdement l'un après l'autre en courant sur leurs pattes torses pour décoller. Puis il chargea sur ses épaules ce qui restait du bouc, et poursuivit plus lentement sa marche vers la plage. Là, il découpa avec son couteau un quartier de viande et le fit rôtir suspendu à trois bâtons noués en trépied au-dessus d'un feu de bois. La flamme pétillante le réconforta davantage que la viande coriace et qui sentait le bouc. Il décida d'entretenir toujours ce feu pour économiser son briquet à silex et pour attirer l'attention de l'équipage d'un navire qui croiserait éventuellement au large de l'île. Il est vrai que rien ne pouvait mieux alerter des matelots de passage que l'épave de *La Virginie* toujours plantée sur son récif; d'autant plus qu'elle pouvait donner l'espoir d'un riche butin à ceux qui s'en empareraient.

Ces armes, ces outils, ces provisions que contenait la cale du navire, Robinson pensait bien qu'il faudrait qu'il se décide à les sauver avant qu'une nouvelle tempête ne les emporte. Mais il espérait toujours n'en avoir pas besoin, parce que — pensait-il — un navire ne tarderait pas à venir le chercher. Aussi consacrait-il tous ses efforts à installer des signaux sur la plage et sur la falaise. À côté du feu toujours allumé sur la grève, il entassa des fagots de branchages et une quantité de varech grâce auxquels il provoquerait des torrents de fumée si une voile pointait à l'horizon. Ensuite, il eut l'idée d'un mât planté dans le sable, au sommet duquel était posée une perche. L'un des bouts de cette perche touchait au sol. En cas d'alerte, Robinson y fixerait un fagot enflammé, et il le ferait monter haut dans le ciel en tirant avec une liane sur l'autre bout de la perche. Plus tard, il trouva mieux encore : sur la falaise se dressait un grand arbre mort, un eucalyptus, dont le tronc était creux. Il bourra le tronc de brindilles et de bûchettes qui — enflammées — transformeraient vite tout l'arbre en une immense torche visible à des kilomètres.

Il se nourrissait au hasard de coquillages, de racines de fougères, de noix de coco, de baies, d'œufs d'oiseaux et de tortues. Le troisième jour, il jeta loin de lui la carcasse du bouc qui commençait à sentir. Mais il regretta bientôt ce geste, car les vautours qui s'en régalèrent ne cessèrent plus désormais de le suivre et de l'épier dans l'attente de nouvelles aubaines. Parfois, exaspéré, il les bombardait avec des pierres et des bûches. Alors les sinistres oiseaux s'écartaient paresseusement, mais c'était pour revenir aussitôt.

À la fin, Robinson n'en pouvait plus d'attendre en sur-
veillant l'horizon vide. Il décida d'entreprendre la construction d'un bateau assez important pour rejoindre la côte du
Chili. Pour cela, il lui fallait des outils. Il se résigna donc,
malgré sa répugnance, à visiter l'épave de *La Virginie* pour
en rapporter tout ce qui lui serait utile. Il réunit avec des
lianes une douzaine de rondins en une sorte de radeau,
instable certes, mais cependant utilisable à condition qu'il
n'y ait pas de vagues. Une forte perche lui servit à faire avancer le radeau, car l'eau était peu profonde par marée basse
jusqu'aux premiers rochers sur lesquels il put ensuite
prendre appui. Il fit ainsi par deux fois le tour de l'épave.
Ce qu'on pouvait voir de la coque était intact, et elle devait
être plantée sur un récif caché sous l'eau. Si l'équipage était
resté à l'abri de l'entrepont, au lieu de s'exposer sur le pont
balayé par les lames, tout le monde aurait eu peut-être la
vie sauve. Le pont était encombré par un tel enchevêtrement de mâts rompus, de vergues et de câbles emmêlés
qu'il était difficile de se frayer un passage. Le même
désordre régnait dans les soutes, mais l'eau n'y avait pas
pénétré, et Robinson trouva dans des coffres des provisions
de biscuits et de viande séchée dont il mangea ce qu'il put
en l'absence de boisson. Certes il y avait aussi des bon-

bonnes de vin et d'alcool, mais Robinson était abstinent, il n'avait jamais goûté à une boisson alcoolisée, et il entendait bien se tenir à cette résolution. La grande surprise de la journée fut la découverte dans la partie arrière de la cale de quarante tonneaux de poudre noire, une marchandise dont le capitaine ne lui avait pas soufflé mot, de peur sans doute de l'inquiéter.

Il fallut à Robinson plusieurs jours pour transporter sur son radeau et mener jusqu'à terre tout cet explosif, car il était interrompu la moitié du temps par la marée haute qui l'empêchait de manœuvrer à la perche. Il en profitait alors pour mettre les tonneaux à l'abri du soleil et de la pluie sous une couverture de palmes immobilisées par des pierres. Il rapporta également de l'épave deux caisses de biscuits, une longue-vue, deux mousquets à silex, un pistolet à double canon, deux haches, une bêche, une pioche, un marteau, un ballot d'étoupe et une vaste pièce d'étamine rouge, étoffe de peu de prix destinée à d'éventuels échanges avec des indigènes. Il retrouva dans la cabine du capitaine le fameux tonnelet à tabac bien fermé, et, à l'intérieur, la grande pipe de porcelaine, intacte malgré sa fragilité. Il chargea aussi sur son radeau une grande quantité de planches arrachées au pont et aux cloisons du navire. Enfin il trouva dans la cabine du second une Bible en bon état qu'il emporta enveloppée dans un lambeau de voile pour la protéger.

Dès le lendemain, il entreprit la construction d'une embarcation qu'il baptisa par anticipation *L'Évasion*.

Dans une clairière parfaitement plane, Robinson mit à jour sous les herbes un beau tronc de myrte sec, sain et de belle venue qui pourrait faire la pièce maîtresse de son futur bateau. Il se mit aussitôt au travail, non sans continuer à surveiller l'horizon qu'il pouvait voir de son chantier, car il espérait toujours la survenue d'un navire. Après avoir ébranché le tronc, il l'attaqua à la hache pour lui donner le profil d'une poutre rectangulaire. Malgré toutes ses recherches dans *La Virginie*, il n'avait pu trouver ni clous, ni vis, ni vilebrequin, ni même une scie. Il travaillait lentement, soigneusement, assemblant les pièces du bateau comme celles d'un puzzle. Il escomptait que l'eau en faisant gonfler le bois donnerait à la coque une solidité et une étanchéité supplémentaires. Il eut même l'idée de durcir à la flamme l'extrémité des pièces, puis de les arroser après l'assemblage pour mieux les souder dans leur logement. Cent fois le bois se fendit sous l'action soit de l'eau, soit de la flamme, mais il recommençait toujours sans ressentir ni fatigue ni impatience.

Dans ces travaux c'était le manque d'une scie dont Robinson souffrait le plus. Cet outil — impossible à fabriquer avec des moyens de fortune — lui aurait épargné des mois de travail à la hache et au couteau. Un matin, il crut rêver encore en entendant à son réveil un bruit qui ne pouvait être que celui d'un scieur en action. Parfois le bruit s'interrompait, comme si le scieur changeait de bûche, puis il reprenait avec une régularité monotone. Robinson sortit doucement du trou de rocher où il avait l'habitude de dormir, et il avança à pas de loup vers l'endroit d'où provenait le bruit. D'abord il ne vit rien, mais il finit par découvrir au pied d'un palmier un crabe gigantesque qui sciait avec ses pinces une noix de coco serrée dans ses pattes. Dans les branches de l'arbre, à six mètres de haut, un autre crabe cisaillait la queue des noix pour les faire tomber. Les deux crabes ne parurent pas du tout gênés par l'arrivée de Robinson et ils poursuivirent tranquillement leur bruyant travail.

Faute de vernis ou même de goudron pour enduire la coque, Robinson entreprit de fabriquer de la glu. Il dut pour cela raser presque entièrement un petit bois de houx qu'il avait repéré dès le début de son travail. Pendant quarante-cinq jours, il débarrassa les arbustes de leur première écorce, et recueillit l'écorce intérieure en la découpant en lanières. Puis il fit longtemps bouillir dans un chaudron ces lanières d'écorce, et il les vit peu à peu se décomposer en un liquide épais et visqueux. Il répandit ce liquide encore brûlant sur la coque du bateau.

L'Évasion était terminée. Robinson commença à rassembler les provisions qu'il embarquerait avec lui. Mais il abandonna bientôt cette besogne en songeant qu'il convenait d'abord de mettre à l'eau sa nouvelle embarcation pour voir comment elle se comporterait. En vérité il avait très peur de cette épreuve qui allait décider de son avenir. *L'Évasion* allait-elle bien tenir la mer ? Serait-elle assez étanche ? N'allait-elle pas chavirer sous l'effet de la première vague ? Dans ses pires cauchemars, elle coulait à pic à peine avait-elle touché l'eau, et Robinson la voyait s'enfoncer comme une pierre dans des profondeurs vertes...

Enfin il se décida à procéder au lancement de *L'Évasion*. Il constata d'abord qu'il était incapable de traîner sur l'herbe et sur le sable jusqu'à la mer cette coque qui devait bien peser cinq cents kilos. À vrai dire, il avait complètement négligé ce problème du transport du bateau jusqu'au rivage. C'était en partie parce qu'il avait trop lu la Bible, et surtout les pages concernant l'Arche de Noé. Construite loin de la mer, l'arche n'avait eu qu'à attendre que l'eau vînt à elle sous forme de pluie et de ruissellements du haut des montagnes. Robinson avait commis une erreur fatale en ne construisant pas *L'Évasion* directement sur la plage.

Il essaya de glisser des rondins sous la quille pour la faire rouler. Rien ne bougeait, et il parvint tout juste à défoncer l'une des planches de la coque en pesant sur elle avec un pieu qui basculait en levier sur une bûche. Au bout de trois jours d'efforts inutiles, la fatigue et la colère lui brouillaient les yeux. Il songea alors à creuser depuis la mer une tranchée dans la falaise jusqu'à l'emplacement du bateau. Celui-ci pourrait glisser dans cette tranchée et se retrouver ainsi au niveau du rivage. Il se jeta au travail. Puis il calcula qu'il lui faudrait des dizaines d'années de travaux de terrassement pour réaliser ce projet. Il renonça.

Pendant les heures les plus chaudes de l'été, les sangliers et leurs cousins d'Amérique du Sud, les pécaris, ont l'habitude de s'enfouir le corps dans certains marécages de la forêt. Ils battent l'eau du marécage avec leurs pattes jusqu'à ce qu'elle forme une sorte de boue très liquide, puis ils s'y enfoncent en ne laissant passer que leur tête, et se trouvent ainsi à l'abri de la chaleur et des moustiques.

Découragé par l'échec de *L'Évasion*, Robinson avait eu l'occasion de suivre un jour un troupeau de pécaris qu'il avait vus s'enfouir ainsi dans leur souille. Il était si triste et si fatigué qu'il avait eu envie de faire comme ces animaux. Il avait enlevé ses vêtements, et il s'était laissé glisser dans la boue fraîche, en ne laissant passer à la surface que son nez, ses yeux et sa bouche. Il passait des journées entières, couché ainsi au milieu des lentilles d'eau, des nénuphars et des œufs de grenouilles. Les gaz qui se dégageaient de l'eau croupie lui troublaient l'esprit. Parfois il se croyait encore dans sa famille à York, il entendait les voix de sa femme et de ses enfants. Ou bien il s'imaginait être un petit bébé dans un berceau, et il prenait les arbres que le vent agitait au-dessus de sa tête pour des grandes personnes penchées sur lui.

Quand il s'arrachait le soir à la boue tiède, la tête lui tournait. Il ne pouvait plus marcher qu'à quatre pattes, et il mangeait n'importe quoi le nez au sol, comme un cochon. Il ne se lavait jamais, et une croûte de terre et de crasse séchées le couvrait des pieds à la tête.

Un jour qu'il broutait une touffe de cresson dans une mare, il crut entendre de la musique. C'était comme une symphonie du ciel, des voix d'anges accompagnées par des accords de harpe. Robinson pensa qu'il était mort et qu'il entendait la musique du paradis. Mais en levant les yeux, il vit pointer une voile blanche à l'est de l'horizon. Il se précipita jusqu'au chantier de *L'Évasion* où traînaient ses outils et où il retrouva son briquet. Puis il courut vers l'eucalyptus creux, enflamma un fagot de branches sèches, et le poussa dans la gueule qu'ouvrait le tronc au ras du sol. Un torrent de fumée âcre en sortit aussitôt, mais le feu parut tarder à prendre.

D'ailleurs à quoi bon ? Le navire se dirigeait droit sur l'île. Bientôt il allait jeter l'ancre à proximité de la plage, et une chaloupe allait s'en détacher. Avec des rires de fou, Robinson courait en tous sens à la recherche d'un pantalon et d'une chemise qu'il finit par retrouver sous la coque de *L'Évasion*. Puis il courut vers la plage, tout en se griffant le visage pour démêler la barbe et les cheveux qui lui faisaient un masque de bête. Le navire était tout près maintenant, et Robinson le voyait distinctement incliner gracieusement toute sa voilure vers les vagues crêtées d'écume. C'était un de ces galions espagnols qui rapportaient autrefois, à travers l'Océan, l'or, l'argent et les gemmes du Mexique. À mesure qu'il approchait, Robinson distinguait une foule brillante sur le pont. Une fête paraissait se dérouler à bord. La musique provenait d'un petit orchestre et d'un chœur d'enfants en robes blanches groupés sur le gaillard d'arrière. Des couples dansaient noblement autour d'une table chargée de vaisselle d'or et de cristal. Personne ne paraissait voir le naufragé, ni même le rivage que le navire longeait

maintenant après avoir viré de bord. Robinson le suivait en
courant sur la plage. Il hurlait, agitait les bras, s'arrêtait pour
ramasser des galets qu'il lançait dans sa direction. Il tomba,
se releva, tomba encore. Le galion arrivait maintenant au
bout de la plage où commençait une région de dunes de
sable. Robinson se jeta à l'eau et nagea de toutes ses forces
vers le navire dont il ne voyait plus que le château arrière
drapé de brocart. À l'une des fenêtres pratiquées dans l'en-
corbellement, une jeune fille était accoudée et souriait tris-
tement vers lui. Robinson connaissait cette enfant, il en était
sûr. Mais qui, qui était-ce ? Il ouvrit la bouche pour l'appe-
ler. L'eau salée envahit sa gorge. Ses yeux ne virent plus que
de l'eau verte où fuyait une petite raie à reculons...

  Une colonne de flamme le tira de son évanouissement.
Comme il avait froid ! Là-haut, sur la falaise, l'eucalyptus
flambait comme une torche dans la nuit. Robinson se dirigea en titubant vers cette source de lumière et de chaleur.

  Il passa le reste de la nuit recroquevillé dans les herbes,
le visage tourné vers le tronc incandescent, et il se rapprochait du foyer à mesure que sa chaleur diminuait. Vers les
premières heures de l'aube, il parvint enfin à identifier la
jeune fille du galion. C'était sa propre sœur, Lucy, morte
plusieurs années avant son départ. Ainsi ce bateau, ce galion
— type de navire qui avait d'ailleurs disparu des mers depuis
plus de deux siècles — *n'existait pas*. C'était une hallucina-
tion, un produit de son cerveau malade.

  Robinson comprit enfin que les bains dans la souille et
toute cette vie paresseuse qu'il menait étaient en train de
le rendre fou. Le galion imaginaire était un sérieux avertis-
sement. Il fallait se ressaisir, travailler, prendre son propre
destin en main.

  Il tourna le dos à la mer qui lui avait fait tant de mal en
le fascinant depuis son arrivée sur l'île, et il se dirigea vers
la forêt et le massif rocheux.

Durant les semaines qui suivirent, Robinson explora l'île méthodiquement et tâcha de repérer les sources et les abris naturels, les meilleurs emplacements pour la pêche, les coins à noix de coco, à ananas et à choux palmistes. Il établit son dépôt général dans la grotte qui s'ouvrait dans le massif rocheux du centre de l'île. Il y transporta tout ce qu'il put arracher à l'épave qui avait résisté par chance aux tempêtes des mois précédents. Après avoir entreposé les quarante tonneaux de poudre noire au plus profond de la grotte, il y rangea trois coffres de vêtements, cinq sacs de céréales, deux corbeilles de vaisselle et d'argenterie, plusieurs caisses d'objets hétéroclites — chandeliers, éperons, bijoux, loupes, lunettes, canifs, cartes marines, miroirs, dés à jouer — une malle de matériel de navigation, câbles, poulies, fanaux, lignes, flotteurs, etc., enfin un coffret de pièces d'or et de monnaies d'argent et de cuivre. Les livres qu'il trouva dans les cabines de l'épave avaient tellement été lavés par l'eau de mer et la pluie que le texte imprimé en était effacé, mais Robinson pensa qu'en faisant sécher ces pages blanches au soleil, il pourrait les utiliser pour écrire son journal, à condition de trouver un liquide pouvant tenir lieu d'encre.

Ce liquide lui fut fourni par un poisson qui pullulait alors près de la falaise du Levant, le diodon, ou poisson-hérisson. C'est un animal redoutable avec sa mâchoire puissante et les piquants venimeux qui hérissent son corps. En cas de danger, il se gonfle d'air et devient rond comme une boule, et, comme tout cet air est accumulé dans son ventre, il flotte alors sur le dos, sans paraître gêné par cette posture. En remuant avec un bâton l'un de ces poissons échoués sur le sable, Robinson avait remarqué que tout ce qui entrait en contact avec son ventre prenait une couleur rouge tenace et voyante qui pourrait lui tenir lieu d'encre. Il se hâta de tailler une plume de vautour, et il put sans attendre tracer ses premiers mots sur une feuille de papier. Il décida alors d'écrire chaque jour dans le livre le plus gros les faits principaux qui lui seraient arrivés. Sur la première page du livre, il dressa la carte géographique de l'île et il inscrivit au-dessous le nom qu'il venait de lui donner : Speranza, ce qui veut dire l'*espérance*, car il était décidé à ne plus jamais se laisser aller au désespoir.

Parmi les animaux de l'île, les plus utiles seraient à coup sûr les chèvres et les chevreaux qui s'y trouvaient en grand nombre, pourvu qu'il parvienne à les domestiquer. Or si les chevrettes se laissaient assez facilement approcher, elles se défendaient farouchement dès qu'il tentait de les traire. Il construisit donc un enclos en liant horizontalement des perches sur des piquets qu'il habilla ensuite de lianes entrelacées. Il y enferma des chevreaux très jeunes qui y attirèrent leurs mères par leurs cris. Robinson libéra ensuite les petits et attendit plusieurs jours. Alors les pis gonflés de lait commencèrent à faire souffrir les chèvres qui se laissèrent traire avec empressement.

L'examen des sacs de riz, de blé, d'orge et de maïs qu'il avait sauvés de l'épave de *La Virginie* réserva à Robinson une lourde déception. Les souris et les charançons en avaient dévoré une partie dont il ne restait plus que de la balle

mélangée à des crottes. Une autre partie était gâtée par
l'eau de pluie et de mer. Il fallut trier chaque céréale grain
par grain, un travail de patience long et fatigant. Mais Robinson put ensemencer quelques âcres de prairie qu'il avait
auparavant brûlées et ensuite labourées avec une plaque de
métal provenant de *La Virginie* et dans laquelle il avait pu
percer un trou assez large pour y introduire un manche.

Ainsi Robinson en créant un troupeau domestique et un
champ cultivé avait commencé à civiliser son île, mais ce
n'était encore qu'une œuvre fragile et limitée, et il avait souvent la révélation que l'île restait une terre sauvage et hostile. C'est ainsi qu'un matin il surprit un vampire accroupi
sur un chevreau qu'il était en train de vider de son sang.
Les vampires sont des chauves-souris géantes pouvant
atteindre jusqu'à soixante-quinze centimètres d'envergure
qui s'abattent doucement la nuit sur le dos des bêtes endor-
mies et sucent leur sang. Une autre fois alors qu'il cueillait
des coquillages sur des rochers à moitié recouverts d'eau,
Robinson reçut un jet d'eau en pleine figure. Un peu étourdi
par le choc, il fit quelques pas, mais fut arrêté par un second
jet qui l'atteignit encore au visage. Il finit par découvrir dans
un trou de rocher une petite pieuvre grise qui avait l'étonnante faculté d'envoyer par sa bouche des projections d'eau
avec une extraordinaire précision.

Un jour qu'il avait cassé sa bêche et laissé échapper sa
meilleure chèvre laitière, Robinson céda au découragement.
Il reprit le chemin de la souille. Là il ôta ses vêtements et
se laissa glisser dans la boue tiède. Aussitôt les vapeurs
empoisonnées de l'eau croupie où tournoyaient des nuages
de moustiques l'enveloppèrent et lui firent perdre la notion
du temps. Il oublia l'île avec ses vautours, ses vampires et
ses pieuvres. Il se croyait redevenu un tout petit enfant chez
son père qui était drapier à York ; il croyait entendre les
voix de ses parents et de ses frères et sœurs. Il comprit

ainsi que le danger de la paresse, du découragement et du désespoir le menaçait toujours, et qu'il devait travailler sans relâche pour y échapper.

Le maïs dépérit complètement, et les pièces de terre où Robinson l'avait semé furent à nouveau envahies par les chardons et les orties. Mais l'orge et le blé prospéraient, et il éprouvait la première joie que lui eût donnée Speranza en caressant de la main les jeunes tiges souples et tendres. Lorsque fut venu le temps de la moisson, il chercha ce qui pourrait lui tenir lieu de faucille ou de faux et ne trouva finalement qu'un vieux sabre d'abordage qui décorait la cabine du commandant et qu'il avait rapporté avec les autres épaves. Il voulut d'abord procéder méthodiquement, pas à pas, comme il avait vu faire les paysans de la campagne chez lui. Mais à manier cette arme héroïque, il fut pris par une sorte d'ardeur belliqueuse, et il avança en la faisant tournoyer au-dessus de sa tête et en poussant des rugissements furieux. Peu d'épis furent gâtés par ce traitement, mais la paille, hachée, dispersée, piétinée était inutilisable.

Ayant égrené ses épis en les battant au fléau dans une voile pliée en deux, il vanna son grain en le faisant couler d'une corbeille dans une autre, en plein air, un jour de vent vif qui faisait voltiger au loin la balle et les menus déchets. À la fin il constata avec fierté que sa récolte se montait à trente gallons de blé et à vingt gallons d'orge. Il avait préparé pour moudre son grain un mortier et un pilon — un tronc d'arbre évidé et une forte branche à l'extrémité arrondie — et le four était garni pour la première cuisson. C'est alors qu'il prit soudain la décision de ne pas faire encore de pain et de consacrer toute sa récolte au prochain ensemencement de ses terres. En se privant ainsi de pain, il croyait accomplir un acte méritoire et raisonnable. En réalité, il obéissait à un nouveau penchant, l'*avarice*, qui allait lui faire beaucoup de mal.

C'est peu après cette première récolte que Robinson eut la très grande joie de retrouver Tenn, le chien de *La Virginie*. L'animal jaillit d'un buisson en gémissant et en tordant l'échine, faisant ainsi une vraie fête à ce maître d'autrefois. Robinson ne sut jamais comment le chien avait passé tout ce temps dans l'île, ni pourquoi il n'était pas venu plus tôt à lui. La présence de ce compagnon le décida à mettre à exécution un projet qu'il avait depuis longtemps : se construire une vraie maison, et ne plus continuer à dormir dans un coin de la grotte ou au pied d'un arbre. Il situa sa maison près du grand cèdre au centre de l'île. Il creusa d'abord un fossé rectangulaire qu'il meubla d'un lit de galets recouverts eux-mêmes d'une couche de sable blanc. Sur ces fondements parfaitement secs et perméables, il éleva des murs en mettant l'un sur l'autre des troncs de palmiers. La toiture se composa d'une vannerie de roseaux sur laquelle il disposa ensuite des feuilles de figuier-caoutchouc en écailles, comme des ardoises. Il revêtit la surface extérieure des murs d'un mortier d'argile. Un dallage de pierres plates et irrégulières, assemblées comme les pièces d'un puzzle, recouvrit le sol sablonneux. Des peaux de biques et des nattes de jonc, quelques meubles en osier, la vaisselle et les fanaux sauvés de *La Virginie*, la longue-vue, le sabre et l'un des fusils suspendus au mur créèrent une atmosphère confortable et intime que Robinson n'avait plus connue depuis longtemps. Il prit même l'habitude, ayant déballé les vêtements contenus dans les coffres de *La Virginie* — et certains étaient fort beaux ! — de s'habiller chaque soir pour dîner, avec habit, haut-de-chausses, chapeau, bas et souliers.

Il remarqua plus tard que le soleil n'était visible de l'intérieur de la villa qu'à certaines heures du jour et qu'il serait plus pratique pour savoir l'heure de fabriquer une sorte d'horloge qui fonctionnerait jour et nuit à l'intérieur de la maison. Après quelques tâtonnements, il confectionna une sorte de *clepsydre*, c'est-à-dire une horloge à eau, comme on en avait autrefois. C'était simplement une bonbonne de verre transparent dont il avait percé le fond d'un tout petit trou par où l'eau fuyait goutte à goutte dans un bac de cuivre posé sur le sol. La bonbonne mettait vingt-quatre heures à se vider dans le bac, et Robinson avait strié ses flancs de vingt-quatre cercles parallèles marqués chacun d'un chiffre. Ainsi le niveau du liquide donnait l'heure à tout moment. Il lui fallait aussi un calendrier qui lui donnât le jour de la semaine, le mois de l'année et le nombre d'années passées. Il ne savait absolument pas depuis combien de temps il se trouvait dans l'île. Un an, deux ans, plus peut-être? Il décida de repartir à zéro. Il dressa devant sa maison un mât-calendrier. C'était un tronc écorcé sur lequel il faisait chaque jour une petite encoche, chaque mois une encoche plus profonde, et le douzième mois, il marquerait d'un grand I la première année de son calendrier local.

La vie suivait son cours, mais Robinson éprouvait de plus en plus le besoin de mieux organiser son emploi du temps. Il avait toujours peur de retomber dans la souille, et peut-être de devenir comme une bête. C'est très difficile de rester un homme quand personne n'est là pour vous y aider ! Contre cette mauvaise pente, il ne connaissait comme remèdes que le travail, la discipline et l'exploitation de toutes les ressources de l'île.

Lorsque son calendrier eut mille jours inscrits, il décida de donner des lois à l'île de Speranza. Il revêtit un costume de cérémonie, il se plaça devant un pupitre qu'il avait imaginé et fabriqué pour pouvoir écrire debout, puis ouvrant l'un des plus beaux livres lavés qu'il avait trouvés dans *La Virginie*, il écrivit :

CHARTE DE L'ÎLE DE SPERANZA
COMMENCÉE LE 1000ᵉ JOUR DU CALENDRIER LOCAL

Article 1ᵉʳ : Robinson Crusoé, né à York, le 19 décembre 1737, est nommé gouverneur de l'île de Speranza, située dans l'océan Pacifique, entre les îles Juan Fernandez et la côte orientale du Chili. En cette qualité il a tous pouvoirs pour légiférer sur l'ensemble du territoire insulaire et de ses eaux territoriales.

Article 2 : Les habitants de l'île sont tenus de penser à haute voix.

(En effet, parce qu'il n'avait personne à qui parler, Robinson craignait de perdre l'usage de la parole. Déjà il éprouvait quand il voulait parler un embarras de la langue, comme s'il avait bu un peu trop de vin. Désormais il avait l'obligation de parler sans arrêt, aux arbres, aux pierres, aux nuages, mais bien entendu aussi aux chèvres et à Tenn.)

Article 3 : Le vendredi est jeûné.

Article 4 : Le dimanche est chômé. À dix-neuf heures, le samedi, tout travail doit cesser dans l'île, et les habitants doivent revêtir leurs meilleurs vêtements pour le dîner. Le dimanche matin à dix heures, ils se réuniront dans le temple pour la prière. (Dans ces lois, Robinson ne pouvait pas s'empêcher de faire comme si l'île avait de nombreux habitants. En effet, il lui paraissait absurde de faire des lois pour un homme seul. Et puis il se disait que peut-être, un jour, le hasard lui amènerait un ou plusieurs compagnons...)

Article 5 : Seul le gouverneur est autorisé à fumer la pipe. Mais seulement une fois par semaine, le dimanche après-midi après le déjeuner.

(Il avait découvert depuis peu l'usage et l'agrément de la pipe de porcelaine du capitaine van Deyssel. Malheureusement la provision de tabac du barillet ne durerait qu'un temps, et il s'efforçait de la prolonger autant que possible.)

Il s'accorda quelques instants de réflexion avant de déterminer les peines qui frapperaient ceux qui n'observeraient pas ces lois. Il fit quelques pas en direction de la porte qu'il ouvrit toute grande. Comme la nature était belle ! Le feuillage des arbres faisait comme une mer verte que le vent agitait et qui se mêlait au loin avec la ligne bleue de l'Océan. Plus loin encore, il n'y avait que le ciel absolument bleu et sans nuages. Mais non ! Pas absolument bleu ! Robinson sursauta en voyant du côté de la grande plage s'élever un nuage de fumée blanche. Pourtant il était bien sûr de n'avoir laissé aucun feu allumé de ce côté-là. Aurait-il des visiteurs ? Il alla décrocher du mur un fusil, une poire à poudre, une bourse de balles et la longue-vue. Puis il siffla Tenn et s'enfonça dans l'épaisseur du taillis en évitant la voie directe qui menait de la grotte au rivage.

Trois longues pirogues à flotteurs et balanciers étaient tirées sur le sable sec. Une quarantaine d'hommes faisaient cercle debout autour d'un feu d'où montait un torrent de fumée lourde, épaisse et blanche. Robinson reconnut à la longue-vue des Araucans du type *costinos*, redoutables Indiens de la côte du Chili. Ce peuple avait tenu en échec les envahisseurs incas, puis il avait infligé de sanglantes défaites aux conquistadores espagnols. Petits, trapus, ils étaient vêtus d'un grossier tablier de cuir. Leur visage large aux yeux extraordinairement écartés était rendu plus bizarre encore par l'habitude qu'ils avaient de s'épiler complètement les sourcils. Ils avaient tous une chevelure noire, très longue, qu'ils secouaient fièrement à toute occasion. Robinson les connaissait par les fréquents voyages qu'il avait faits à Temuco, leur capitale. Il savait que si un nouveau conflit avec les Espagnols avait éclaté, aucun homme blanc ne trouverait grâce à leurs yeux.

Avaient-ils effectué sur leurs pirogues l'énorme traversée des côtes du Chili à Speranza ? Ce n'était pas impossible à en juger par leur réputation de marins émérites. Mais il était plus probable qu'ils avaient colonisé l'une ou l'autre des îles Juan Fernandez — et Robinson pensa aussitôt qu'il avait eu de la chance de ne pas avoir été jeté entre leurs mains, car il aurait été à coup sûr réduit en esclavage, ou peut-être même massacré !

Grâce à des récits qu'il avait entendus en Araucanie, il devinait le sens de la cérémonie qui se déroulait actuellement sur le rivage. Une vieille femme, maigre et échevelée, allait et venait en chancelant au milieu du cercle formé par les hommes. Elle s'approchait du feu, y jetait une poignée de poudre, et respirait avidement la lourde fumée blanche qui s'élevait aussitôt. Puis elle se tournait vers les Indiens immobiles, et elle paraissait les passer en revue, pas à pas, s'arrêtant devant celui-ci, puis devant celui-là. Ensuite elle revenait près du foyer et le manège recommençait.

Il s'agissait d'une sorcière qu'on avait chargée de trouver parmi les Indiens lequel était responsable d'un malheur quelconque qui avait frappé la tribu — maladie, mort inexplicable, ou simplement incendie, orage, mauvaise récolte... Et tout à coup, elle choisit en effet sa victime. Son long bras maigre se tendit vers l'un des hommes, tandis que sa bouche grande ouverte proférait des malédictions que Robinson n'entendait pas. L'Indien désigné par la sorcière se jeta à plat ventre sur le sol, secoué de grands frissons de terreur. L'un des Indiens marcha vers lui. Il leva sa machette — un grand couteau qui leur sert d'arme et d'outil à la fois — et fit d'abord voler le tablier du misérable. Puis il l'abattit sur lui à coups réguliers, détachant sa tête, puis ses bras et ses jambes. Enfin les six morceaux de la victime furent portés dans le feu dont la fumée aussitôt devint noire.

Les Indiens avaient rompu le cercle et se dirigeaient vers les embarcations. Six d'entre eux en sortirent des outres et se dirigèrent vers la forêt. Robinson s'enfonça rapidement sous les arbres sans perdre de vue les hommes qui envahissaient son domaine. S'ils venaient à découvrir des traces de sa vie dans l'île, ils pourraient se lancer à sa poursuite, et il leur échapperait difficilement. Mais heureusement le premier point d'eau se trouvait à la lisière de la forêt, et les Indiens n'eurent pas à s'enfoncer bien avant dans l'île. Ils remplirent les outres qu'ils portaient à deux, suspendues à une perche, et ils se dirigèrent vers les pirogues où leurs compagnons avaient pris place. La sorcière était accroupie sur une sorte de siège d'apparat placé à l'arrière d'un des deux bateaux.

Lorsque les pirogues eurent disparu derrière les falaises, Robinson s'approcha du bûcher. On y distinguait encore les restes de l'homme si cruellement sacrifié, parce qu'il avait été déclaré responsable de quelque calamité. Et ce fut plein de peur, de dégoût et de tristesse que Robinson regagna sa maison de gouverneur où il se remit à la rédaction des lois de Speranza.

Article 6 : L'île de Speranza est déclarée place fortifiée. Elle est placée sous le commandement du gouverneur qui prend le grade de général. Le couvre-feu est obligatoire une heure après le coucher du soleil...

Durant les mois qui suivirent, Robinson éleva autour de sa maison et de l'entrée de la grotte une enceinte à créneaux dont l'accès était lui-même défendu par un fossé de deux mètres de large et de trois mètres de profondeur. Les deux fusils et le pistolet étaient posés — chargés — sur le bord des trois créneaux du centre. En cas d'attaque, Robinson pourrait faire croire aux assaillants qu'il n'était pas le seul défenseur de la forteresse. Le sabre d'abordage et la hache étaient également à portée de la main, mais il était peu probable qu'un corps à corps se produisît, car il sema de pièges l'approche du fossé. Ce fut d'abord une série d'entonnoirs disposés en quinconce au fond desquels était planté un pieu aiguisé au feu et que recouvraient des touffes d'herbe posées sur une mince claie de joncs. Ensuite, il enfouit dans le sol à l'orée de la forêt, là où logiquement d'éventuels assaillants se rassembleraient avant d'attaquer, deux tonneaux de poudre qu'un cordon d'étoupe permettait de faire exploser à distance. Enfin il fit en sorte que la passerelle qui permettait de franchir le fossé fût mobile et qu'on pût la manœuvrer de l'intérieur de la forteresse.

Chaque soir, avant de sonner le couvre-feu avec sa trompe, il faisait une ronde, accompagné de Tenn qui paraissait avoir compris le danger qui menaçait Speranza et ses habitants. Puis on procédait à la fermeture de la forteresse. Des blocs de pierre étaient roulés à des emplacements calculés afin que d'éventuels assaillants fussent obligés de se diriger vers les entonnoirs. La passerelle-pont-levis était retirée, on barricadait toutes les issues, et le couvre-feu était sonné. Alors Robinson préparait le dîner, mettait le couvert dans sa belle maison, et se retirait dans la grotte. Il en ressortait quelques minutes plus tard, lavé, parfumé, peigné, la barbe taillée, vêtu de son habit de général. Enfin à la lueur d'un candélabre hérissé de baguettes enduites de résine, il dînait lentement sous le regard passionné et attentif de Tenn.

À cette période d'activité militaire intense succédèrent des pluies abondantes. Il fallut faire de nombreuses réparations dans la maison, les chemins et les corrals endommagés par le ruissellement des eaux. Puis ce fut à nouveau la récolte des céréales. Elle fut si abondante qu'il fallut nettoyer et sécher une autre grotte non loin de la grande grotte qui commençait à déborder de grains. Cette fois, Robinson ne se refusa pas la joie de faire du pain, le premier qu'il mangeait depuis son installation dans l'île.

Cette abondance de céréales posa bientôt le problème de la lutte contre les rats. Les rongeurs en effet paraissaient se multiplier d'autant que les provisions qui pouvaient les nourrir augmentaient elles-mêmes, et, puisque Robinson avait l'intention d'entasser récolte sur récolte aussi longtemps qu'il en aurait la force, il fallait sévir contre les rongeurs.

Certains champignons rouges à pois jaunes devaient être vénéneux, car plusieurs chevreaux étaient morts après en avoir brouté des fragments mêlés à l'herbe. Robinson en tira un jus brunâtre dans lequel il fit tremper des grains de blé. Puis il répandit ces grains empoisonnés sur les passages habituels des rats. Ils s'en régalèrent et ne furent même pas malades. Il construisit alors des cages dans lesquelles la bête tombait par une trappe. Mais il aurait fallu des milliers de cages de ce genre, et puis il devait ensuite noyer les bêtes prises, et c'était horrible d'enfoncer la cage dans l'eau de la rivière et d'assister à leur agonie.

Un jour, Robinson fut témoin d'un duel furieux que se livraient deux rats. Aveugles et sourds à tout ce qui les entourait, les deux bêtes nouées roulaient sur le sol avec des piaillements rageurs. Finalement, elles s'égorgèrent l'une l'autre et moururent sans desserrer leur étreinte. En comparant les deux cadavres, Robinson s'aperçut qu'ils appartenaient à deux variétés différentes de rats. L'un très noir, rond et pelé, était semblable en tous points à ceux qu'il avait eu l'habitude de voir sur tous les navires où il avait navigué. L'autre gris, plus allongé et de poil plus épais, assez semblable aux mulots des champs, se rencontrait dans les prairies de l'île. Robinson comprit bientôt que la première espèce provenait de l'épave de *La Virginie* et avait proliféré grâce aux réserves de céréales, tandis que l'autre espèce avait toujours vécu dans l'île. Les deux espèces paraissaient avoir leurs territoires et leurs ressources bien séparés. Robinson s'en aperçut en lâchant un soir dans la prairie un rat noir qu'il venait de capturer dans la grotte. Longtemps les herbes frémissantes indiquèrent seules qu'une chasse sans pitié était en train de se dérouler. Puis ce fut le sable au pied d'une dune que Robinson vit jaillir à quelque distance. Quand il arriva, il ne restait du rat noir que des touffes de poil et des lambeaux de chair.

Alors, il répandit deux sacs de grain dans la prairie après en avoir semé une mince traînée depuis la grotte jusque-là. Ce lourd sacrifice risquait d'être inutile. Il ne le fut pas. Dès la tombée de la nuit, les noirs vinrent en foule récupérer le grain qu'ils considéraient sans doute comme leur propriété. Les gris se réunirent pour repousser cette soudaine invasion. La bataille éclata. Sur toute la prairie, une tempête paraissait soulever des petits jets de sable. Les couples de lutteurs roulaient comme des boulets vivants, tandis qu'un énorme piaillement montait du sol.

L'issue du combat était prévisible. Un animal qui se bat sur le territoire de son adversaire est presque toujours vaincu. Ce jour-là, tous les rats noirs périrent.

Robinson n'avait jamais été coquet et il n'aimait pas particulièrement se regarder dans les glaces. Pourtant cela ne lui était pas arrivé depuis si longtemps qu'il fut tout surpris un jour en sortant un miroir d'un des coffres de *La Virginie* de revoir son propre visage. En somme il n'avait pas tellement changé, si ce n'est peut-être que sa barbe avait allongé et que de nombreuses rides nouvelles sillonnaient son visage. Ce qui l'inquiétait tout de même, c'était l'air sérieux qu'il avait, une sorte de tristesse qui ne le quittait jamais. Il essaya de sourire. Là, il éprouva comme un choc en s'apercevant qu'il n'y arrivait pas. Il avait beau se forcer, essayer à tout prix de plisser ses yeux et de relever les bords de sa bouche, impossible, il ne savait plus sourire. Il avait l'impression maintenant d'avoir une figure en bois, un masque immobile, figé dans une expression maussade. À force de réfléchir, il finit par comprendre ce qui lui arrivait. C'était parce qu'il était seul. Depuis trop longtemps il n'avait personne à qui sourire, et il ne savait plus ; quand il voulait sourire, ses muscles ne lui obéissaient pas. Et il continuait à se regarder d'un air dur et sévère dans la glace, et son cœur se serrait de tristesse. Ainsi il avait tout ce qu'il lui fallait sur cette île, de quoi boire et manger, une maison, un lit pour dormir, mais pour sourire, personne, et son visage en était comme glacé.

C'est alors que ses yeux s'abaissèrent vers Tenn. Robinson rêvait-il ? *Le chien était en train de lui sourire !* D'un seul côté de sa gueule, sa lèvre noire se soulevait et découvrait une double rangée de crocs. En même temps, il inclinait drôlement la tête sur le côté, et ses yeux couleur de noisette se plissaient d'ironie. Robinson saisit à deux mains la grosse tête velue, et ses paupières se mouillèrent d'émotion, cependant qu'un tremblement imperceptible faisait bouger les commissures de ses lèvres. Tenn faisait toujours sa grimace, et Robinson le regardait passionnément pour réapprendre à sourire.

Désormais, ce fut comme un jeu entre eux. Tout à coup, Robinson interrompait son travail, ou sa chasse, ou sa promenade sur la grève, et il fixait Tenn d'une certaine façon. Et le chien lui souriait à sa manière, cependant que le visage de Robinson redevenait souple, humain et souriait peu à peu à son tour.

Robinson ne cessait d'organiser et de civiliser son île, et de jour en jour il avait davantage de travail et des obligations plus nombreuses. Le matin par exemple, il commençait par faire sa toilette, puis il lisait quelques pages de la Bible, ensuite il se mettait au garde-à-vous devant le mât où il faisait ensuite monter le drapeau anglais. Puis avait lieu l'ouverture de la forteresse. On faisait basculer la passerelle par-dessus le fossé et on dégageait les issues bouchées par les rochers. La matinée commençait par la traite des chèvres, ensuite il fallait visiter la garenne artificielle que Robinson avait établie dans une clairière sablonneuse. Là, il cultivait des navets sauvages, de la luzerne et un carré d'avoine pour retenir une famille de lièvres chiliens qui vivaient sans cela dispersés dans l'île. C'était ce qu'on appelle des *agoutis*, des lièvres hauts sur pattes, très gros et avec des oreilles courtes.

Plus tard, il vérifiait le niveau des viviers d'eau douce où prospéraient des truites et des carpes. À la fin de la matinée, il mangeait rapidement avec Tenn, faisait une petite sieste et se mettait en grand uniforme de général pour remplir les obligations officielles de l'après-midi. Il devait faire le recensement des tortues de mer qui avaient chacune leur numéro de matricule, inaugurer un pont de lianes auda-

cieusement jeté par-dessus un ravin de cent pieds de profondeur en pleine forêt tropicale, achever la construction
d'une hutte de fougères à la lisière de la forêt bordant le
rivage de la baie qui serait un excellent poste d'affût pour
surveiller la mer sans être vu, et une retraite d'ombre verte
et fraîche pendant les heures les plus chaudes de la journée.

Souvent Robinson en avait assez de tous ces travaux et
de toutes ces obligations. Il se demandait à quoi et à qui cela
servait, mais aussitôt il se souvenait des dangers de l'oi-
siveté, de la souille des pécaris où il risquait de retomber
s'il cédait à la paresse, et il se remettait activement au travail.

Dès les premiers jours, il s'était servi de la grotte du centre de l'île pour mettre à l'abri ce qu'il avait de plus précieux : ses récoltes de céréales, ses conserves de fruits et de viande, plus au fond ses coffres de vêtements, ses outils, ses armes, son or, et enfin, dans la partie la plus reculée, ses tonneaux de poudre noire qui auraient suffi à faire sauter toute l'île. Depuis longtemps, il n'avait plus besoin de chasser au fusil, mais il était content d'avoir toute cette poudre à sa disposition : ça le rassurait et ça lui donnait le sentiment de sa supériorité.

Pourtant il n'avait jamais entrepris l'exploration du fond de la grotte, et il y pensait parfois avec curiosité. Derrière les tonneaux de poudre, le tunnel se poursuivait par une sorte de boyau en pente raide où il décida un jour de s'engager pour voir jusqu'où cela le mènerait.

L'exploration présentait une difficulté majeure, celle de l'éclairage. Il ne disposait que de torches de bois résineux. Mais s'avancer dans le fond de la grotte avec une torche, c'était courir le risque de faire sauter les tonneaux, d'autant plus qu'il devait y avoir des traces de poudre par terre. Il y avait aussi le problème de la fumée qui aurait vite rendu l'air irrespirable. Il songea un moment à percer une cheminée d'aération et d'éclairage au fond de la grotte, mais la nature de la roche rendait ce projet irréalisable. Il n'y avait donc qu'une seule solution : accepter l'obscurité et tâcher de s'y habituer. Il s'enfonça donc le plus loin qu'il put avec une provision de galettes de maïs et un pichet de lait de chèvre, et il attendit.

Le calme le plus absolu régnait autour de lui. Il savait que le soleil était en train de baisser à l'horizon. Or l'ouverture de la grotte était ainsi placée qu'à un certain moment les rayons du soleil couchant se trouveraient exactement dans l'axe du tunnel. Pendant une seconde, la grotte allait être éclairée jusqu'au fond. C'est ce qui se produisit en effet, pendant la durée d'un éclair. Mais c'en était assez pour que Robinson sût que sa première journée s'achevait.

Il s'endormit, mangea une galette, dormit encore, but du lait. Et tout à coup l'éclair se produisit à nouveau. Vingt-quatre heures s'étaient écoulées, mais pour Robinson elles avaient passé comme un rêve. Il commençait à perdre la notion du temps. Les vingt-quatre heures suivantes passè-rent encore plus vite, et Robinson ne savait plus s'il dor-mait ou s'il demeurait éveillé.

Enfin il se décida à se lever et à se diriger vers le fond de la grotte. Il n'eut pas à tâtonner longtemps pour trouver ce qu'il cherchait : l'orifice d'une cheminée verticale et fort étroite. Il fit aussitôt quelques tentatives pour s'y laisser glis-ser. Les parois du boyau étaient lisses comme de la chair, mais le trou était si étroit qu'il y demeurait prisonnier à mi-corps. Alors il eut l'idée d'enlever tous ses vêtements et de se frotter tout le corps avec le lait caillé qui restait au fond du pichet. Puis il plongea tête la première dans le goulot, et, cette fois, il glissa lentement mais régulièrement, comme une grenouille dans le gosier du serpent qui l'avale.

Il arriva mollement dans une sorte de niche tiède dont le fond avait exactement la forme de son corps accroupi. Il s'y installa, recroquevillé sur lui-même, les genoux remontés au menton, les mollets croisés, les mains posées sur les pieds. Il était si bien ainsi qu'il s'endormit aussitôt. Quand il se réveilla, quelle surprise ! *L'obscurité était devenue blanche autour de lui !* Il n'y voyait toujours rien, mais il était plongé dans du blanc et non plus dans du noir ! Et le trou où il était ainsi tapi était si doux, si tiède, si blanc qu'il ne pouvait s'empêcher de penser à sa maman. Il se croyait dans les bras de sa maman qui le berçait en chantonnant. Son père était un homme petit et maladif, mais sa mère était une grande femme, forte et calme, qui ne se fâchait jamais, mais qui devinait toujours la vérité rien qu'à regarder ses enfants.

Un jour qu'elle était au premier étage avec tous ses enfants et que le père était absent, le feu se déclara dans le magasin du rez-de-chaussée. La maison était très vieille et toute en bois, et le feu s'y propagea avec une vitesse effrayante. Le petit drapier était revenu en hâte, et il se lamentait et courait en tous sens dans la rue en voyant brûler sa maison avec sa femme et ses enfants. Tout à coup, il vit son épouse sortir tranquillement d'un torrent de flammes et de fumée avec tous ses enfants qu'elle portait sur ses épaules, dans ses bras, sur son dos, pendus à son tablier. C'était ainsi que Robinson la revoyait au fond de son trou, comme un arbre pliant sous le poids de tous ses fruits. Ou alors, c'était le soir de la fête des Rois. Elle pétrissait la pâte dans laquelle était cachée la fève qui désignerait le roi de la fête le lendemain. Il semblait à Robinson que toute l'île de Speranza était un immense gâteau et qu'il était lui-même la petite fève cachée au fond de la croûte.

Il comprit qu'il fallait qu'il sorte de son trou s'il ne voulait pas y rester à tout jamais. Il s'en arracha avec peine et se hissa par le goulot. Parvenu au fond de la grotte il retrouva à tâtons ses vêtements qu'il roula en boule sous son bras sans prendre le temps de se rhabiller. Il était inquiet parce que l'obscurité blanche persistait autour de lui. Serait-il devenu aveugle? Il avançait en chancelant vers la sortie quand tout à coup la lumière du soleil le frappa en pleine figure. C'était l'heure la plus chaude de la journée, celle où même les lézards cherchent l'ombre. Pourtant Robinson grelottait de froid et serrait l'une contre l'autre ses cuisses encore mouillées de lait caillé. Il se sauva vers sa maison, la figure cachée dans ses mains. Tenn gambadait autour de lui, tout heureux de l'avoir retrouvé, mais déconcerté de le voir si nu et si faible.

Robinson redescendit plus d'une fois dans le trou de la grotte pour y retrouver la paix merveilleuse de son enfance. Il avait pris l'habitude d'arrêter chaque fois la clepsydre, parce qu'il n'y avait plus d'heure, ni d'emploi du temps au fond de la grotte. Mais il était troublé, et il se demandait si ce n'était pas la paresse qui l'y attirait, comme autrefois elle l'avait fait descendre dans la souille.

Pour se changer les idées, il décida de mettre en culture les sacs de riz qu'il conservait depuis le premier jour. C'est qu'il avait toujours reculé devant le travail formidable que représente l'installation d'une rizière. En effet le riz doit pouvoir pousser *sous l'eau*, et le niveau de l'eau doit toujours pouvoir être contrôlé et au besoin modifié. Il fut donc obligé de barrer le cours d'une rivière en deux endroits, une fois en aval pour inonder une prairie, une seconde fois en amont avec une voie de dérivation afin de pouvoir suspendre l'arrivée de l'eau et provoquer l'assèchement de la prairie. Mais il fallut aussi faire des digues, construire deux vannes qui pouvaient être ouvertes ou fermées à volonté, et dans dix mois, si tout allait bien, la récolte et le décorticage du riz exigeraient des journées de travail acharné.

Aussi lorsque sa rizière fut terminée et son riz semé et recouvert par une nappe d'eau, Robinson se demanda une fois de plus pourquoi il s'imposait tous ces efforts. S'il n'avait pas été seul, s'il avait eu seulement une femme et des enfants, ou même un seul compagnon, il aurait su pourquoi il travaillait. Mais sa solitude rendait toute sa peine inutile.

Alors les larmes aux yeux, il redescendit au fond de la grotte...

Il y resta si longtemps cette fois-ci qu'il faillit bien être trop faible pour en remonter, et mourir ainsi tout au fond de son trou. Il chercha donc un moyen de se donner du courage pour vivre comme un homme et faire tout ce travail qui l'ennuyait tellement.

Il se souvint que son père lui faisait lire les *Almanachs* de Benjamin Franklin, un philosophe, un savant et un homme d'État américain de ce temps-là. Dans ces almanachs, Benjamin Franklin donne des préceptes moraux qui justifient les hommes qui travaillent et qui gagnent de l'argent. Robinson pensa qu'en inscrivant ces préceptes dans toute l'île de façon à les avoir toujours sous les yeux, il ne se découragerait plus et céderait moins souvent à la paresse. Par exemple, il coupa autant de petits rondins qu'il en fallait pour former dans le sable des dunes de l'île des lettres composant la phrase suivante :

« La pauvreté prive un homme de toute vertu : il est difficile à un sac vide de se tenir debout. »

Dans la paroi de la grotte il avait incrusté des petites pierres formant ainsi une sorte de mosaïque qui disait :

« Si le second vice est de mentir, le premier est de s'endetter, car le mensonge monte à cheval sur la dette. »

Des bûchettes de pin enveloppées d'étoupe étaient posées sur un lit de pierres, toutes prêtes à être enflammées, et elles disaient dans leur arrangement :

« Si les coquins savaient tous les avantages de la vertu, ils deviendraient vertueux par coquinerie. »

Il y avait enfin une devise plus longue que les autres —

elle avait cent quarante-deux lettres — et Robinson avait eu l'idée de tondre chacune de ces lettres sur le dos d'une chèvre de son corral, de façon que par hasard, quelquefois, les chèvres en remuant forment l'ordre des cent quarante-deux lettres et fassent sortir la devise. Cette devise était la suivante :

« Celui qui tue une truie anéantit toutes les truies qu'elle aurait pu faire naître jusqu'à la millième génération. Celui qui dépense une seule pièce de cinq shillings assassine des monceaux de pièces d'or. »

Robinson allait se mettre au travail, quand il tressaillit tout à coup de surprise et de peur : un mince filet de fumée blanche s'élevait dans le ciel bleu ! Il provenait du même endroit que la première fois, mais maintenant toutes les inscriptions dont Robinson avait semé l'île n'allaient-elles pas le faire repérer par les Indiens ? En courant vers sa forteresse suivi de Tenn, il maudissait l'idée qu'il avait eue. Et puis il y eut un incident un peu ridicule qui lui parut être un mauvais signe : apeuré par cette cavalcade inattendue, un de ses boucs les plus familiers le chargea brutalement, tête baissée. Robinson l'évita de justesse, mais Tenn roula en hurlant, projeté comme une balle dans un massif de fougères.

Dès que Robinson se fut enfermé avec Tenn dans la forteresse après avoir mis les blocs de rocher en place et avoir retiré la passerelle, il commença à se demander si sa conduite était bien raisonnable. Car si les Indiens avaient repéré sa présence et décidé de prendre la forteresse d'assaut, ils auraient non seulement l'avantage du nombre, mais aussi celui de la surprise. En revanche, s'ils ne se souciaient pas de lui, tout absorbés dans leurs rites meurtriers, quel soulagement pour Robinson ! Il voulut en avoir le cœur net. Toujours suivi de Tenn qui boitait, il empoigna l'un des fusils, glissa le pistolet dans sa ceinture, et s'enfonça sous les arbres en direction du rivage. Il fut obligé cependant de revenir sur ses pas, ayant oublié la longue-vue dont il pourrait avoir besoin.

Il y avait cette fois trois pirogues à balanciers, posées parallèlement sur le sable. Le cercle des hommes autour du feu était d'ailleurs plus vaste que la première fois, et Robinson, en les examinant à la longue-vue, crut remarquer qu'il ne s'agissait pas du même groupe. Un malheureux avait déjà été coupé à coups de machette, et deux guerriers revenaient du bûcher où ils avaient jeté ses morceaux. C'est alors qu'eut lieu un rebondissement sans doute inattendu dans ce genre de cérémonie. La sorcière qui était accroupie sur le sol se releva tout à coup, courut vers l'un des hommes, et, tendant vers lui son bras maigre, elle ouvrit la bouche toute grande pour proférer un flot de malédictions que Robinson devinait sans pouvoir les entendre. Ainsi il y aurait une seconde victime ce jour-là ! Visiblement les hommes hésitaient. Finalement l'un d'eux se dirigea, une machette à la main, vers le coupable désigné que ses deux voisins avaient soulevé et projeté sur le sol. La machette s'abattit une première fois, et le pagne de cuir vola en l'air. Elle allait retomber sur le corps nu, quand le malheureux bondit sur ses pieds et s'élança en avant vers la forêt. Dans la longue-vue de Robinson, il paraissait sauter sur place, poursuivi par deux Indiens. En réalité, il courait droit vers Robinson avec une rapidité extraordinaire. Pas plus grand que les autres, il était beaucoup plus mince et taillé vraiment pour la course. Il paraissait de peau plus sombre et ressemblait plus à un nègre qu'à un Indien. C'était peut-être cela qui l'avait fait désigner comme coupable, parce que dans un groupe d'hommes, celui qui ne ressemble pas aux autres est toujours détesté.

Cependant, il approchait de seconde en seconde, et son avance sur ses deux poursuivants ne cessait de croître.

Robinson était certain qu'on ne pouvait le voir de la plage, sinon il aurait pu croire que l'Indien l'avait aperçu et venait se réfugier auprès de lui. Il fallait prendre une décision. Dans quelques instants les trois Indiens allaient se trouver nez à nez avec lui, et ils allaient peut-être se réconcilier en le prenant comme victime ! C'est le moment que choisit Tenn pour aboyer furieusement dans la direction de la plage. Maudite bête ! Robinson se rua sur le chien et, lui passant le bras autour du cou, il lui serra le museau dans sa main gauche, tandis qu'il épaulait tant bien que mal son fusil d'une seule main. Il visa au milieu de la poitrine le premier poursuivant qui n'était plus qu'à trente mètres et pressa la détente. Au moment où le coup partait, Tenn fit un brusque effort pour se libérer. Le fusil dévia et à la grande surprise de Robinson, ce fut le second poursuivant qui effectua un vaste plongeon et s'étala dans le sable. L'Indien qui le précédait s'arrêta, rejoignit le corps de son camarade sur lequel il se pencha, se releva, inspecta le rideau d'arbres où s'achevait la plage, et, finalement, s'enfuit à toutes jambes vers le cercle des autres Indiens.

À quelques mètres de là, dans un massif de palmiers nains, l'Indien rescapé inclinait son front jusqu'au sol et cherchait à tâtons de la main le pied de Robinson pour le poser en signe de soumission sur sa nuque.

Robinson et l'Indien passèrent la nuit derrière les créneaux de la forteresse, l'oreille tendue vers tous les bruits nocturnes de la forêt. Toutes les deux heures, Robinson envoyait Tenn en reconnaissance avec mission d'aboyer s'il rencontrait une présence humaine. Chaque fois il revint sans avoir donné l'alerte. L'Indien qui serrait autour de ses reins un vieux pantalon de marin que Robinson lui avait fait enfiler était abattu, sans ressort, comme abasourdi par son horrible aventure, et aussi par l'étonnante construction où il se trouvait transporté. Il avait laissé intacte la galette de blé que Robinson lui avait donnée, et il mâchait sans cesse des fèves sauvages dont Robinson se demandait où il avait bien pu les trouver. Un peu avant le lever du jour, il s'endormit sur un tas de feuilles sèches en tenant serré contre lui le chien, lui aussi assoupi. Robinson connaissait l'habitude de certains Indiens chiliens d'utiliser un animal domestique comme une couverture vivante pour se protéger du froid de la nuit. Pourtant il fut surpris de la patience de Tenn, d'un naturel habituellement assez farouche.

Peut-être les Indiens attendaient-ils le jour pour attaquer ? Robinson armé du pistolet, des deux fusils et de tout ce qu'il pouvait transporter de poudre et de balles, se glissa

hors de l'enceinte et gagna le rivage en faisant un vaste cro-
chet par les dunes.

La plage était déserte. Les trois pirogues et leurs occu-
pants avaient disparu. Le cadavre de l'Indien abattu la veille
d'un coup de fusil avait été enlevé. Il ne restait que le cercle
noir du feu magique où les ossements se mêlaient aux
souches calcinées. Robinson posa sur le sable ses armes et
ses munitions avec un sentiment d'immense soulagement.
Un grand rire le secoua, nerveux, fou, inextinguible. Lorsqu'il s'arrêta pour reprendre son souffle, il pensa que c'était
la première fois qu'il riait depuis le naufrage de *La Virginie*.
Peut-être pouvait-il rire à nouveau parce qu'il avait enfin un
compagnon ? Mais il se mit à courir tout à coup parce qu'une
idée lui était venue : *L'Évasion* ! Il avait toujours évité de
revenir sur l'emplacement du chantier où il avait eu une si
grande déception. Pourtant le petit bateau devait toujours
être là et attendre que des bras assez forts le poussent vers
la plage ! Peut-être l'Indien allait-il pouvoir aider Robinson
à mettre *L'Évasion* à flot et, alors, sa connaissance des îles
serait très précieuse.

En approchant de la forteresse, Robinson aperçut l'Indien
qui jouait tout nu avec Tenn. Il fut fâché de l'impudeur du
sauvage, et aussi de l'amitié qui paraissait être née entre le
chien et lui. Après lui avoir fait remettre son pantalon trop
grand, il l'entraîna vers *L'Évasion*.

Les genêts avaient tout envahi, et le petit bateau paraissait flotter sur une mer de fleurs jaunes. Le mât était tombé,
et les planches du pont se soulevaient par endroits, sans
doute sous l'effet de l'humidité, mais la coque paraissait
encore entière. Tenn qui précédait les deux hommes fit plusieurs fois le tour du bateau. Puis, d'un coup de rein, il sauta
sur le pont qui s'effondra aussitôt sous son poids. Robinson
le vit disparaître dans la cale avec un hurlement de peur.
Quand il arriva près du bateau, le pont tombait par mor-

ceaux entiers chaque fois que Tenn faisait un effort pour
sortir de sa prison. L'Indien posa la main sur le bord de la
coque, il la referma et l'ouvrit à nouveau sous les yeux de
Robinson : elle était pleine d'une sciure rouge qui s'envola
dans le vent. Il éclata de rire. À son tour Robinson donna
un léger coup de pied dans la coque : un nuage de poussière s'éleva dans l'air tandis qu'un large trou s'ouvrait dans
le flanc du bateau. Les termites avaient complètement rongé
L'Évasion. Il n'y avait plus rien à faire.

Robinson s'était longtemps demandé comment il appellerait l'Indien. Il ne voulait pas lui donner un nom chrétien aussi longtemps qu'il ne serait pas baptisé. Il décida finalement de lui donner le nom du jour où il l'avait recueilli. C'est ainsi que le second habitant de l'île s'appela *Vendredi*.

Quelques mois plus tard, Vendredi avait appris assez d'anglais pour comprendre les ordres de son maître. Il savait aussi défricher, labourer, semer, herser, repiquer, sarcler, faucher, moissonner, battre, moudre, pétrir et cuire le pain. Il savait traire les chèvres, faire du fromage, ramasser les œufs de tortue, en faire une omelette, raccommoder les vêtements de Robinson et cirer ses bottes. C'était devenu un serviteur modèle. Le soir, il endossait une livrée de laquais et assurait le service du dîner du gouverneur. Puis il bassinait son lit avec une boîte en fer remplie de braises. Enfin il allait s'étendre sur une litière qu'il tirait contre la porte de la maison et qu'il partageait avec Tenn.

Robinson, lui, était content parce qu'il avait enfin quelqu'un à faire travailler, et à qui il pouvait tout enseigner de la civilisation. Vendredi savait maintenant que tout ce que son maître lui ordonnait était bien, que tout ce qu'il lui défendait était mal. Il est mal de manger plus que la portion prévue par Robinson. Il est mal de fumer la pipe, de se promener tout nu et de se cacher pour dormir quand il y a du travail. Vendredi avait appris à être soldat quand son maître était général, enfant de chœur quand il priait, maçon quand il construisait, porteur quand il voyageait, rabatteur quand il chassait, et à balancer le chasse-mouches au-dessus de sa tête quand il dormait.

Robinson avait une autre raison d'être content. Il savait maintenant que faire de l'or et des pièces de monnaie qu'il avait sauvés de l'épave de *La Virginie*. Il payait Vendredi. Un demi-souverain d'or par mois. Avec cet argent, Vendredi achetait de la nourriture en supplément, des petits objets d'usage courant venant aussi de *La Virginie*, ou tout simplement une demi-journée de repos — la journée entière ne pouvait être achetée. Il s'était fait un hamac entre deux arbres où il passait tout son temps libre.

Le dimanche était naturellement le plus beau jour de la semaine. Le matin, le gouverneur se faisait apporter par son serviteur une sorte de canne qui ressemblait à la fois au sceptre d'un roi et à la crosse d'un évêque, et, abrité sous une ombrelle en peau de chèvre que Vendredi portait derrière lui, il marchait majestueusement dans toute l'île, inspectant ses champs, ses rizières et ses vergers, ses troupeaux et ses constructions en cours. Il félicitait ou blâmait, donnait des ordres pour la semaine prochaine, faisait des projets pour les années à venir. Puis c'était le déjeuner, plus long et plus succulent qu'en semaine. L'après-midi, Vendredi nettoyait et embellissait Speranza. Il désherbait les chemins, semait des graines de fleurs devant la maison, taillait les arbres d'agrément.

Vendredi avait su s'attirer la bienveillance de son maître par plusieurs bonnes idées. L'un des grands soucis de Robinson était de se débarrasser des ordures et détritus de la cuisine et de l'atelier sans attirer les vautours, ni les rats. Or il ne savait comment faire. Les petits carnivores déter-

raient tout ce qu'il enfouissait sous la terre, les marées reje-
taient sur la plage tout ce qu'il jetait dans la mer; quant au
feu, il provoquait une fumée nauséabonde qui empestait la
maison et les vêtements.

Vendredi avait eu l'idée de mettre à profit la voracité
d'une colonie de grosses fourmis rouges qu'il avait découverte à proximité de la maison. Tous les rebuts déposés au
milieu de la fourmilière étaient dévorés en un rien de temps,
et les os apparaissaient rapidement nus, secs et parfaitement
nettoyés de toute chair.

Vendredi apprit aussi à Robinson à se servir de *bolas*. Les
bolas, très répandues en Amérique du Sud, sont une arme
formée de trois galets ronds attachés à des cordelettes
réunies en étoiles. Lancées adroitement, elles tournoient
comme des étoiles à trois branches, et dès qu'elles sont
arrêtées par un obstacle, elles l'entourent et le ligotent solidement.

Vendredi lançait des bolas dans les jambes des chèvres
qu'il voulait immobiliser pour les soigner, les traire ou les
sacrifier. Puis il montra à Robinson qu'elles pouvaient aussi
servir pour capturer des chevreuils, et même des oiseaux
échassiers. Enfin il le persuada qu'en augmentant la grosseur
des galets, on pouvait se servir des bolas comme d'une arme
terrible, capable de défoncer la poitrine d'un ennemi après
l'avoir à demi étranglé. Robinson qui craignait toujours un
retour offensif des Indiens lui fut reconnaissant d'avoir
ajouté à son arsenal cette arme silencieuse, facile à rem-
placer, et cependant meurtrière. Ils s'exercèrent longtemps
sur la grève en prenant pour cible un tronc d'arbre de la
grosseur d'un homme.

Enfin l'Indien eut l'idée de fabriquer pour Robinson et lui
une pirogue, semblable à celles de son pays. Il commença à
creuser à la hache le tronc d'un pin très droit et de grande
envergure. Travail lent et patient qui ne ressemblait pas à

la hâte fiévreuse dans laquelle Robinson avait construit *L'Évasion*. D'ailleurs, encore vexé par son échec, Robinson ne se mêlait de rien et se contentait de regarder travailler son compagnon. Vendredi avait commencé à faire du feu sous la partie du tronc qu'il voulait creuser, procédé qui avait l'avantage de hâter considérablement le travail, mais qui risquait, si l'arbre prenait feu, de tout compromettre. Finalement il y renonça et se servit même d'un simple canif pour parachever le travail.

Lorsqu'elle fut terminée, la pirogue était assez légère pour que Vendredi puisse l'élever à bout de bras au-dessus de sa tête, et c'est ainsi, les épaules couvertes comme par un capuchon de bois qu'il descendit vers la plage, entouré par les gambades de Tenn, et suivi de loin par un Robinson de mauvaise humeur. Mais lorsque le petit bateau commença à danser sur les vagues, Robinson fut bien obligé de renoncer à sa jalousie, et, prenant place derrière Vendredi, il saisit l'une des deux pagaies simples que l'Indien avait taillées dans des branches d'araucaria. Puis ils firent pour la première fois le tour de l'île par mer, accompagnés de loin par Tenn qui galopait en aboyant le long du rivage.

Tout allait bien en apparence. L'île prospérait au soleil, avec ses cultures, ses troupeaux, ses vergers, et les maisons qui s'édifiaient de semaine en semaine. Vendredi travaillait dur, et Robinson régnait en maître. Tenn qui vieillissait faisait des siestes de plus en plus longues.

La vérité, c'est qu'ils s'ennuyaient tous les trois. Vendredi était docile par reconnaissance. Il voulait faire plaisir à Robinson qui lui avait sauvé la vie. Mais il ne comprenait rien à toute cette organisation, à ces codes, à ces cérémonies, et même la raison d'être des champs cultivés, des bêtes domestiquées et des maisons lui échappait complètement. Robinson avait beau lui expliquer que c'était comme cela en Europe dans les pays civilisés, il ne voyait pas pourquoi il fallait faire la même chose sur l'île déserte du Pacifique. De son côté Robinson voyait bien que Vendredi n'approuvait pas du fond du cœur cette île trop bien administrée qui était l'œuvre de sa vie. Certes Vendredi faisait de son mieux. Mais dès qu'il avait un moment de liberté, il ne faisait que des bêtises.

Par exemple, il se conduisait à l'égard des animaux d'une façon tout à fait incompréhensible. Pour Robinson, les animaux étaient soit utiles, soit nuisibles. Les utiles devaient être protégés pour qu'ils se multiplient. Quant aux nuisibles, il fallait les détruire de la façon la plus expéditive. Impossible de faire comprendre cela à Vendredi ! Tantôt il se prenait d'une amitié passionnée et absurde pour n'importe quel animal — utile ou nuisible. Tantôt il accomplissait sur des animaux des actes d'une cruauté monstrueuse.

C'est ainsi qu'il avait entrepris d'élever et d'apprivoiser un couple de rats ! Même Tenn avait compris qu'il devait laisser en paix ces horribles bêtes parce que Vendredi les avait prises sous sa protection. Robinson eut bien du mal à s'en débarrasser. Un jour il les emporta dans la pirogue et les jeta à la mer. Les rats revinrent au rivage à la nage et de là regagnèrent la maison. Robinson recommença, mais cette fois en employant une ruse qui réussit parfaitement. Il emporta avec les rats une planche bien sèche. Il mit les rats sur la planche, et la planche dans la mer. Les rats cramponnés à ce petit bateau improvisé n'osaient pas se jeter à l'eau pour revenir à la plage, et le courant les emporta au large. Vendredi ne dit rien, mais Robinson vit bien qu'il savait. Comme si Tenn qui avait tout vu lui avait raconté ce qui s'était passé !

Un autre jour, Vendredi disparut pendant plusieurs heures. Robinson allait partir à sa recherche, quand il vit une colonne de fumée qui s'élevait derrière les arbres du côté de la plage. Il n'était pas défendu d'allumer des feux sur l'île, mais le règlement voulait qu'on prévînt le gouverneur en précisant le lieu et l'heure qu'on avait choisis. C'était pour éviter toute confusion avec le feu rituel des Indiens qui pouvaient toujours revenir. Si Vendredi avait négligé de prévenir Robinson, c'était sans doute que ce qu'il était en train de faire n'avait aucune chance de lui plaire.

Robinson se leva en soupirant et se dirigea vers la plage après avoir sifflé Tenn.

Il ne comprit pas tout de suite le curieux travail auquel se livrait Vendredi. Sur un tapis de cendres brûlantes, il avait posé une grosse tortue qu'il avait fait basculer sur le dos. La tortue n'était pas morte, et elle battait furieusement l'air de ses quatre pattes. Robinson crut même entendre comme une toux un peu rauque qui devait être sa façon de crier. Faire crier une tortue! Fallait-il que l'Indien eût le diable au corps! Quant au but de cette horrible opération, il le comprit en voyant la carapace de la tortue se redresser, devenir presque plate et naturellement se détacher du corps de la tortue. Pendant ce temps, Vendredi avec un couteau coupait à l'intérieur les parties qui restaient encore collées à la carapace. Tout à coup, la tortue roula sur le côté en laissant sa carapace par terre. Elle retomba sur ses pattes et se mit à galoper vers la mer, suivie par Tenn qui courait derrière en aboyant. Puis elle s'enfonça dans les vagues.

— Elle a tort, dit tranquillement Vendredi, demain les crabes l'auront mangée!

Puis il se mit à frotter avec du sable l'intérieur de la carapace qui formait comme un grand plateau un peu incurvé.

— C'est un bouclier, expliqua-t-il à Robinson. C'est comme cela qu'on les fait dans mon pays. Aucune flèche ne peut le percer, et même les grosses bolas rebondissent dessus sans le casser!

Robinson en voulait beaucoup à Vendredi de la cruauté qu'il avait montrée dans cette affaire de bouclier. Mais un peu plus tard, il eut l'occasion de voir à quel point Vendredi pouvait être gentil et dévoué envers une bête quand il l'avait adoptée.

Malheureusement il s'agissait cette fois d'un petit vautour que ses parents avaient abandonné. C'était une horrible petite bête, avec sa grosse tête aux yeux exorbités, ses lourdes pattes maladroites, et ce petit corps tout nu et tordu comme celui d'un infirme. Il ouvrait largement son énorme bec et le tendait en piaillant chaque fois qu'on s'approchait de lui.

Vendredi commença par lui donner des morceaux de viande fraîche qu'il avalait avec avidité. Mais bientôt le petit vautour donna des signes de maladie. Il dormait toute la journée, et sous son maigre duvet son gésier saillait comme une boule dure. En vérité, il ne pouvait pas digérer cette viande trop fraîche. Il fallait trouver autre chose. Alors Vendredi laissa des boyaux de chèvres pourrir au soleil. Bientôt on vit des asticots blancs et gras qui grouillaient dans la viande nauséabonde. Vendredi les recueillit avec un coquillage. Puis il les mit dans sa bouche et les mâcha longtemps. Enfin il laissa couler dans le bec du petit vautour la bouillie blanche et épaisse qui résultait de cette mastication.

— Les vers vivants trop frais, expliqua-t-il. L'oiseau malade. Alors il faut mâcher, mâcher. Toujours mâcher pour les petits oiseaux.

Robinson qui le voyait faire en eut l'estomac soulevé de dégoût, et il se sauva pour ne pas vomir. Mais au fond, il admirait les sacrifices que pouvait faire Vendredi quand il avait décidé d'aider un animal*.

---

* Il est vrai que pour nourrir un petit oiseau tombé du nid, il faut bien mâcher soi-même tout ce qu'on lui donne. Mais bien sûr on n'est pas obligé de prendre des asticots. De la viande, du jambon ou de l'œuf dur font très bien l'affaire.

Depuis l'arrivée de Vendredi, Robinson n'était pas retourné au fond de la grotte. Il espérait que grâce à son nouveau compagnon la vie dans l'île, le travail et les cérémonies l'amuseraient suffisamment pour qu'il n'ait plus envie de cette sorte de drogue.

Or, une nuit de pleine lune, il s'éveilla et n'arriva plus à se rendormir. Dehors, il n'y avait pas un souffle de vent et les arbres parfaitement immobiles paraissaient dormir, comme Vendredi et Tenn enlacés à leur habitude devant la porte. Robinson fut envahi par un sentiment de très grand bonheur. En effet, parce qu'il faisait nuit, il n'y avait pas de travail possible, pas de cérémonies, pas d'uniformes, pas de gouverneur, ni de général, bref c'était les vacances. Robinson aurait voulu que la nuit ne finît jamais, que les vacances durent toujours. Mais il savait que le jour allait revenir, et avec lui tous ses soucis et toutes ses obligations. Alors il se leva, et il alla arrêter la clepsydre ; puis il ouvrit la porte, il enjamba les corps de Vendredi et de Tenn, et il se dirigea vers la grotte au fond de laquelle justement la nuit ne finissait jamais, le rêve durait toujours.

Le lendemain matin, Vendredi fut bien surpris de ne pas retrouver Robinson. Il avait dormi deux heures de plus parce que son maître ne l'avait pas réveillé, et il se sentait de très bonne humeur. Que faire ? Il y avait bien les choux à arroser, les chèvres à traire et une petite cabane d'observation à terminer au sommet du cèdre géant de la grotte. Mais, puisque Robinson n'était pas là, toutes ces obligations d'homme blanc disparaissaient et Vendredi n'obéissait plus qu'à son cœur d'Indien. Son regard rencontra sous la table de Robinson un coffre fermé — mais non verrouillé — dont il avait pu explorer le contenu. Il le traîna sur les dalles et le hissa sur son épaule. Puis il sortit suivi par Tenn.

Au nord-ouest de l'île, à l'endroit où la grande prairie se perdait dans les sables, fleurissait une plantation de cactus et de cactées qui avaient des formes et les silhouettes les plus bizarres. On aurait dit un cortège de mannequins de caoutchouc vert hérissés de piquants avec des boules, des raquettes, des queues, des trompes.

Vendredi lança sur le sol le coffre qui lui avait meurtri l'épaule. Les charnières du couvercle sautèrent, et un brillant désordre d'étoffes précieuses et de bijoux se répandit au pied des cactus. Ces vêtements, Vendredi n'aurait pas songé à s'en vêtir lui-même. Mais il trouva amusant d'en habiller les cactus qui avaient tous des formes vaguement humaines. Alors pendant plus d'une heure il disposa sur ces drôles de plantes, grandes comme des hommes, des capes, des châles, des chapeaux, il leur enfila des robes, des pantalons, des gants, il les couvrit enfin de bracelets, de colliers, de boucles d'oreilles, de diadèmes, et il trouva même au fond du coffre des ombrelles, des faces-à-main et des éventails qu'il leur distribua pour compléter l'illusion. Puis il contempla son œuvre, cette foule de grandes dames, de prélats, de majordomes et de monstres biscornus qui avaient l'air dans leurs somptueux atours de se contorsionner, de se faire des révérences, de danser un ballet fantastique et immobile. Il rit très fort et imita ces bonshommes et ces bonnes femmes absurdes en gesticulant et en sautant sur place, tandis que Tenn gambadait et jappait joyeusement autour de lui. Puis il tourna le dos aux cactus et aux cactées habillés, et il se dirigea vers les dunes qui le séparaient de la plage.

Il faisait un temps magnifique, et Vendredi chantait de bonheur en courant sur le sable blanc et pur de la plage. Comme il était beau, nu et joyeux, seul avec le soleil et son chien, libre de faire ce qu'il voulait, loin de l'ennuyeux Robinson ! Il ramassait des galets mauves, bleus ou tachetés, bien plus jolis dans leur vérité et leur simplicité que les gros bijoux compliqués qu'il avait accrochés aux cactus. Il les lançait à Tenn qui courait après en aboyant et les lui rapportait. Puis il lui lança, dans la mer cette fois, des morceaux de bois, et le chien se précipitait dans les vagues, il battait l'eau de ses quatre pattes, et il revenait vers Vendredi, porté par le déferlement.

Ils arrivèrent ainsi près de la rizière qui brillait au soleil comme un miroir d'eau. Vendredi ramassa une pierre plate et la lança au ras de l'eau pour faire des ricochets. La pierre rebondit sept fois sur l'eau avant de s'y enfoncer sans éclaboussures. Ce que Vendredi n'avait pas prévu, c'est que Tenn s'élança à nouveau pour aller chercher la pierre. Son élan l'emporta à une vingtaine de mètres, mais là il s'arrêta : l'eau était trop peu profonde pour qu'il puisse nager, et il pataugeait dans la vase. Il fit demi-tour et s'efforça de revenir vers l'Indien. Un premier bond l'arracha à la boue, mais il retomba lourdement et il commença à se débattre avec des mouvements affolés. Il était en train de se noyer. Vendredi se pencha vers l'eau sale et dangereuse. Allait-il y sauter pour sauver Tenn ? Il eut une autre idée. Il courut à la vanne qui servait à vider l'eau. Il passa un bâton dans le premier trou de la queue et fit levier de toutes ses forces. Aussitôt l'eau commença à bouillonner de l'autre côté de la vanne, tandis que le niveau de la rizière baissait rapidement.

Quelques minutes plus tard toute la rizière était à sec. La récolte était perdue, mais Tenn pouvait atteindre en rampant le pied de la digue.

Vendredi le laissa à sa toilette et se dirigea en dansant vers la forêt.

Lorsque Robinson sortit de la grotte où il était resté près de trente-six heures, il ne fut pas très surpris de ne plus retrouver Vendredi. Seul Tenn l'attendait fidèlement sur le seuil de la porte de la maison. Il avait d'ailleurs l'air gêné et coupable, ce pauvre Tenn, et c'est lui qui conduisit Robinson d'abord dans la plantation des cactus et des cactées où s'étalaient les plus beaux vêtements et tous les bijoux qui venaient de *La Virginie*, puis à la rizière où la récolte de l'année achevait de se dessécher au soleil. Robinson entra dans une grande colère. À tout hasard, il ferma la vanne d'évacuation de la rizière et ouvrit le canal d'alimentation. Peut-être les plants de riz voudraient-ils reprendre ? Ensuite il passa toute une journée à ramasser sur les cactus et les cactées en se piquant cruellement les doigts les vêtements et les bijoux qui étaient ce qu'il possédait de plus beau dans l'île. Il était d'autant plus furieux qu'il se sentait lui-même un peu coupable : s'il n'était pas descendu dans la grotte, tout cela ne serait pas arrivé.

Le lendemain, il se décida à partir à la recherche de Vendredi. Sa colère s'était calmée et l'absence de son compagnon commençait à l'inquiéter. Il entreprit donc de battre la forêt vierge avec l'aide de Tenn. Le chien qui avait bien compris qu'il fallait retrouver Vendredi fouillait les buissons, se glissait dans les fourrés, suivait des pistes dont l'odeur ressemblait à celle de Vendredi, et il aboyait pour prévenir Robinson quand il avait trouvé quelque chose. C'est ainsi qu'il découvrit dans une petite clairière ce qui devait être le camp secret de Vendredi. Il y avait d'abord entre deux arbres un hamac de lianes rembourré avec un oreiller et un matelas d'herbes sèches. C'était un lit suspendu, de toute évidence *très* confortable. Puis assis sur une espèce de fauteuil fait de branches d'arbre ligaturées, on découvrait une drôle de poupée en paille tressée avec une tête de bois et des cheveux longs en raphia. Ainsi Vendredi pour n'être pas tout seul s'était fabriqué une fiancée ! Enfin Robinson vit, suspendus près du hamac à portée de la main de celui qui y était couché, un tas de petits objets à la fois utiles et amusants dont l'Indien devait agrémenter ses siestes. Il y avait ainsi une flûte en roseau, une sarbacane, des coiffes de plumes comme celles des Peaux-Rouges d'Amérique du Nord, des fléchettes, des peaux de serpent séchées, une espèce de petite guitare, etc. Robinson était stupéfait et jaloux de voir comme Vendredi avait l'air d'être heureux et de s'amuser sans lui ! À quoi donc servaient tous les travaux et toutes les obligations qu'il s'imposait chaque jour ?

Vendredi ne pouvait plus être loin. Tout à coup, Tenn tomba en arrêt devant un massif de magnolias envahi par le lierre, puis avança pas à pas, les oreilles dressées, le cou tendu. Enfin il s'arrêta, le nez contre l'un des troncs. Alors le tronc s'agita et le rire de Vendredi éclata. L'Indien avait dissimulé sa tête sous un casque de feuilles et de fleurs. Sur tout son corps, il avait dessiné avec du jus de genipapo — une plante qui donne une teinture verte quand on casse une de ses tiges — des rameaux et des feuilles qui montaient en s'enroulant le long de ses cuisses et de son torse. Ainsi déguisé en homme-plante et toujours riant aux éclats, il exécuta une danse triomphale autour de Robinson, puis il se sauva à toutes jambes vers la mer pour se laver dans les vagues.

La vie reprit son cours tant bien que mal. Robinson faisait toujours semblant d'être le gouverneur et le général de l'île. Vendredi faisait semblant de travailler durement pour entretenir la civilisation dans l'île. Il n'y avait que Tenn qui ne faisait pas semblant de faire la sieste toute la journée. En vieillissant, il devenait de plus en plus gros et lent.

Vendredi, lui, avait trouvé un nouveau passe-temps. Il avait découvert la cachette où Robinson dissimulait le barillet à tabac et la longue pipe en porcelaine du capitaine van Deyssel. Chaque fois qu'il en avait l'occasion, il allait fumer une pipe dans la grotte. Si Robinson le découvrait, il le punirait sans doute lourdement, parce qu'il n'y avait presque plus de tabac. Fumer était un plaisir que Robinson ne s'accordait plus que très rarement, dans les grandes occasions.

Ce jour-là Robinson était descendu sur le rivage inspecter des lignes de fond que la marée descendante venait de découvrir. Vendredi mit le barillet sous son bras, et il alla s'installer au fond de la grotte. Là, il s'était construit une sorte de chaise longue avec des tonneaux couverts de sacs. À demi renversé en arrière, il tire de longues bouffées de la pipe. Puis il chasse de ses poumons un nuage bleu qui s'épanouit dans la faible lumière provenant de l'entrée de la grotte. Il s'apprête à tirer une nouvelle bouffée de la pipe, quand des cris et des aboiements lointains lui parviennent. Robinson est revenu plus tôt que prévu, et il l'appelle d'une voix menaçante. Tenn jappe. Un claquement retentit. Robinson a donc sorti son fouet. Sans doute s'est-il enfin aperçu de la disparition du barillet de tabac ? Vendredi se lève et marche vers le châtiment qui l'attend. Soudain il s'arrête : que faire de la pipe qu'il tient toujours dans sa main ? Il la jette de toutes ses forces dans le fond de la grotte, là où sont rangés les tonneaux de poudre. Puis, bravement, il va rejoindre Robinson. Robinson est furieux. Quand il voit Vendredi, il lève son fouet. C'est alors que les quarante tonneaux de poudre font explosion. Un torrent de flammes rouges jaillit de la grotte. Robinson se sent soulevé, emporté, tandis qu'il voit avant de s'évanouir les gros rochers qui surmontent la grotte rouler les uns sur les autres comme les pièces d'un jeu de construction.

En ouvrant les yeux, Robinson vit d'abord un visage penché sur lui. Vendredi lui soutenait la tête de la main gauche et essayait de lui faire boire de l'eau fraîche dans le creux de sa main droite. Mais Robinson serrait les dents, et l'eau coulait autour de sa bouche, dans sa barbe et sur sa poitrine.

L'Indien sourit et se releva en le voyant remuer. Aussitôt une partie de sa chemise et la jambe gauche de son pantalon, déchirés et noircis, tombèrent sur le sol. Il éclata de rire et se débarrassa par quelques contorsions du reste de ses vêtements. Puis il ramassa un morceau de miroir au milieu d'objets domestiques brisés, il s'y regarda en faisant des grimaces et le présenta à Robinson avec un nouvel éclat de rire. Il n'avait pas de blessure, mais il était barbouillé de suie, et sa belle barbe rousse était à moitié brûlée. Il se leva et arracha à son tour les loques carbonisées qui s'attachaient encore à lui. Il fit quelques pas. Il n'avait que quelques contusions sous l'épaisse couche de suie, de poussière et de terre qui le couvrait.

La maison brûlait comme une torche. La muraille de la forteresse s'était effondrée dans le fossé qui la bordait. Tous les autres bâtiments, le temple, la banque, la bergerie, le mât-calendrier avaient été soufflés pêle-mêle par l'explo-

sion. Les deux hommes contemplaient ce champ de déso-
lation quand une gerbe de terre monta vers le ciel à une
centaine de mètres, puis une demi-seconde plus tard une
terrible explosion les jeta à nouveau sur le sol. Ensuite une
grêle de cailloux et de racines arrachées crépita autour
d'eux. C'était l'un des tonneaux de poudre que Robinson
avait enfouis sur le chemin et qu'un cordon d'étoupe permettait d'enflammer à distance.

Épouvantées par cette seconde explosion beaucoup plus
proche, les chèvres s'étaient précipitées toutes ensemble
dans la direction opposée et avaient défoncé la clôture
du corral. Elles galopaient maintenant dans tous les sens
comme des folles. Elles allaient se disperser dans l'île et
revenir à l'état sauvage.

L'entrée de la grotte était bouchée par un amoncellement
de rochers. L'un d'eux formait comme un pic au-dessus du
chaos et devait offrir un point de vue extraordinaire sur l'île
et la mer. Robinson regardait autour de lui et ramassait
machinalement les objets que la grotte avait vomis avant
de se refermer. Il y avait un fusil au canon tordu, des sacs
troués, des paniers défoncés. Vendredi l'imitait, mais au lieu
d'aller déposer comme lui au pied du cèdre les objets qu'il
avait trouvés, il achevait de les détruire. Robinson le laissait
faire, mais il tressaillit tout de même quand il le vit disperser à pleines poignées un peu de blé qui restait au fond d'un
chaudron.

Le soir tombait, et ils venaient enfin de trouver un objet
intact — la longue-vue — lorsqu'ils découvrirent le cadavre
de Tenn au pied d'un arbre. Vendredi le palpa attentive-
ment. Il n'avait rien de brisé apparemment, il semblait même
n'avoir rien du tout. Pauvre Tenn, si vieux, si fidèle ! L'explosion l'avait peut-être fait mourir tout simplement de
peur !

Le vent se leva. Ils allèrent ensemble se laver dans la mer.

Puis ils partagèrent un ananas sauvage, et Robinson se souvint que c'était la première chose qu'il eût mangée dans l'île après le naufrage. Enfin ils s'étendirent au pied du grand cèdre pour essayer de dormir.

Robinson réfléchissait en regardant la lune entre les branches noires du cèdre. Ainsi toute l'œuvre qu'il avait accomplie sur l'île, ses cultures, ses élevages, ses constructions, toutes les provisions qu'il avait accumulées dans la grotte, tout cela était perdu par la faute de Vendredi. Et pourtant il ne lui en voulait pas. La vérité, c'est qu'il en avait assez depuis longtemps de cette organisation ennuyeuse et tracassière, mais qu'il n'avait pas le courage de la détruire. Maintenant, ils étaient libres tous les deux. Robinson se demandait avec curiosité ce qui allait se passer, et il comprenait que ce serait désormais Vendredi qui mènerait le jeu.

Il regardait toujours le ciel en réfléchissant, quand il vit tout à coup la lune glisser très vite derrière une branche et reparaître de l'autre côté. Puis elle s'arrêta, et tout de suite après recommença à glisser dans le ciel noir. Au même moment un épouvantable craquement retentit. Robinson et Vendredi sautèrent sur leurs pieds. Ce n'était pas la lune qui bougeait, c'était l'arbre qui était en train de s'écrouler. Miné par l'explosion, le grand cèdre n'avait pu résister au vent de la nuit. Il s'abattit dans la forêt en écrasant sous lui des dizaines d'arbustes, et le sol trembla sous le choc de l'énorme tronc.

Vendredi commença leur nouvelle vie par une longue période de siestes. Il passait des journées entières dans le hamac de lianes tressées qu'il avait tendu entre deux palmiers au bord de la mer. Il bougeait si peu que les oiseaux venaient se poser dans les arbres tout près de lui. Alors il tirait sur eux avec sa sarbacane, et, le soir, il faisait rôtir avec Robinson le produit de cette sorte de chasse, certainement la méthode la plus paresseuse qui existât.

De son côté, Robinson avait commencé à se transformer complètement. Avant il portait des cheveux très courts, presque ras, et au contraire une grande barbe qui lui donnait un air de grand-père. Il coupa sa barbe — qui avait été d'ailleurs déjà abîmée par l'explosion — et il laissa pousser ses cheveux qui formèrent des boucles dorées sur toute sa tête. Du coup il paraissait beaucoup plus jeune, presque le frère de Vendredi. Il n'avait plus du tout la tête d'un gouverneur et encore moins d'un général.

Son corps aussi s'était transformé. Il avait toujours craint les coups de soleil, d'autant plus qu'il était roux. Quand il devait rester au soleil, il se couvrait des pieds à la tête, mettait un chapeau et n'oubliait pas de surcroît sa grande ombrelle en peau de chèvre. Aussi il avait une peau blanche et fragile comme celle d'une poule plumée.

Encouragé par Vendredi, il commença à s'exposer nu au soleil. D'abord il avait été tout recroquevillé, laid et honteux. Puis il s'était épanoui. Sa peau avait durci et avait une teinte cuivrée. Il était fier maintenant de sa poitrine bombée et de ses muscles saillants. Il s'exerçait avec Vendredi à toutes sortes de jeux. Ils faisaient la course sur le sable, ils se défiaient à la nage, au saut en hauteur, au lancer des bolas. Robinson avait appris également à marcher sur les mains, comme son compagnon. Il faisait « les pieds au mur » contre un rocher, puis il se détachait de ce point d'appui et partait lourdement, encouragé par les applaudissements de Vendredi.

Mais surtout il regardait faire Vendredi, il l'observait, et il apprenait grâce à lui comment on doit vivre sur une île déserte du Pacifique.

Par exemple, Vendredi passait de longues heures à confectionner des arcs et des flèches. Il tailla d'abord des arcs *simples* dans les bois les plus souples, comme le noisetier, le santal, l'amarante ou le copaïba. Puis selon la technique chilienne, il fabriqua des arcs composites — formés de plusieurs pièces — plus puissants et plus durables. Sur un arc simple, il ligaturait des lamelles de cornes de boucs qui ajoutaient leur propre élasticité à celle du bois.

Mais c'était surtout aux flèches qu'il consacrait le plus de travail, car s'il augmentait sans cesse la puissance de ses arcs, c'était pour pouvoir envoyer des flèches de plus en plus longues. Il en arriva bientôt à faire des flèches d'un mètre cinquante. La flèche se compose de trois parties : la pointe, le fût et l'empennage. Vendredi passait des heures à équilibrer ces trois éléments en faisant osciller le fût sur l'arête d'une pierre. Rien de plus important pour l'efficacité d'une flèche que le rapport du poids de la pointe et de celui de l'empennage. Vendredi empennait ses flèches autant qu'il le pouvait, en utilisant des plumes d'oiseaux ou des feuilles de palmier. D'autre part il se servait pour les pointes non de pierre ou de métal, mais d'os, surtout d'omoplates de chèvres dans lesquelles il découpait ses pointes en forme d'ailettes. Robinson finit par comprendre que Vendredi ne cherchait pas à obtenir des projectiles précis et puissants destinés à percer des oiseaux ou des lapins. Non, ce qu'il voulait, c'était que ses flèches volent le plus haut, le plus loin et le plus longtemps possible. Il envoyait ses flèches, non pour tuer, mais pour le plaisir de les voir planer dans le ciel, comme des mouettes.

Un jour que le vent marin assez vif faisait moutonner les vagues, Robinson observait Vendredi qui tirait des flèches droit vers le soleil. Il en prit une particulièrement longue — elle dépassait deux mètres — empennée sur au moins cinquante centimètres avec des plumes d'albatros. Puis il banda l'arc de toutes ses forces en visant à quarante-cinq degrés vers la forêt. La corde en se détendant fouetta le brassard de cuir qu'il nouait sur son avant-bras gauche pour le protéger. La flèche monta jusqu'à une hauteur de cent mètres au moins. Là, elle parut hésiter, mais au lieu de repiquer vers la plage, emportée par le vent, elle fila vers la forêt. Lorsqu'elle eut disparu derrière les premiers arbres, Vendredi se tourna avec un large sourire vers Robinson.

— Elle va tomber dans les branches, tu ne la retrouveras pas, dit Robinson.

— Je ne la retrouverai pas, dit Vendredi, mais c'est parce que celle-là ne retombera jamais.

Avant l'explosion, Robinson faisait faire à Vendredi le genre de cuisine qu'il avait apprise dans sa famille à York. Si au début de son séjour dans l'île il avait été obligé de faire rôtir sa viande sur un feu vif, il était bien vite revenu ensuite à des recettes proches du bœuf bouilli, le plat le plus en faveur chez les Anglais de cette époque. Mais maintenant, Vendredi lui apprenait des recettes qui étaient celles des tribus araucaniennes, ou qu'il inventait tout simplement.

L'idéal pour Vendredi, c'était certes de manger le mieux possible, mais n'importe où, n'importe quand, et surtout sans avoir besoin d'une cuisine et d'ustensiles. L'explosion avait détruit les plats et les casseroles qu'il y avait dans l'île. Par exemple la plupart des oiseaux qu'ils mangeaient, Vendredi les préparait *à l'argile*. C'est la façon la plus simple et la plus amusante de faire cuire un poulet ou tout autre volatile :

Vendredi le vidait et mettait dans son ventre du sel, du poivre, et à volonté des herbes aromatiques ou même un peu de farce, mais ce n'est pas indispensable. *Il lui laissait toutes ses plumes.* Ensuite il préparait de l'argile mouillée — pas trop mouillée, mais assez pour qu'elle soit facile à modeler et à pétrir — il en faisait une galette bien plate. Puis il roulait cette galette autour de l'oiseau, il l'enfermait bien dans la pâte, il faisait autour de lui comme une boule d'argile qui ressemblait à un gros œuf ou à un ballon de rugby, selon la grosseur. La couche d'argile devait avoir de un à trois centimètres. Il faisait dans un trou un feu de bois assez nourri, car il fallait beaucoup de braises. Quand le feu était bien pris, il mettait la boule d'argile dans le trou, au milieu des braises. Ensuite il entretenait le feu une heure ou deux. L'argile séchait et durcissait comme une poterie. Quand la boule était devenue bien dure, il la sortait du trou et il la cassait. Les plumes restaient collées à l'argile, et l'oiseau était cuit comme au four, tendre et savoureux.

Mais ce qui plaisait surtout à Vendredi, dans cette façon de faire, c'était qu'on cassait chaque fois la boule de terre cuite où l'oiseau avait été enfermé, et ainsi pas de vaisselle à laver, ni à ranger.

Pour les œufs, Robinson avait l'habitude de les mettre dans l'eau bouillante plus ou moins longtemps pour qu'ils soient coque, mollets ou durs. Vendredi lui apprit qu'on pouvait se passer de casserole et d'eau. En les transperçant de part en part avec un bâtonnet pointu, il confectionna une sorte de *broche à œuf* qu'il faisait tourner au-dessus du feu.

Robinson avait toujours cru qu'un bon cuisinier ne doit pas mélanger la viande et le poisson, le sel et le sucre. Vendredi lui montra que ces mélanges sont quelquefois possibles, et même succulents. Par exemple, avant de faire rôtir une tranche de pécari, il faisait avec la pointe du couteau une série de fentes profondes dans l'épaisseur de la viande et, dans chaque fente, il glissait une huître ou une moule crue. La viande farcie de coquillages avait un goût délicieux.

Pour mélanger le sucré et le salé, il entourait un poisson d'une garniture d'ananas, ou il farcissait un lapin avec des prunes. Mais surtout, il apprit à Robinson à faire du sucre. Il lui montra une sorte de palmier ventru, plus gros au centre qu'à la base et au sommet, bref en forme de quille.

Quand on l'abat et quand on coupe ses feuilles, on voit aussitôt des gouttes de sève épaisse et sucrée se mettre à couler. Il est préférable que l'arbre soit exposé au soleil, et il faut que le sommet — d'où la sève coule — soit posé *plus haut* que la base, ce qui n'est pas étonnant puisque la sève a tendance normalement à *monter* dans le tronc de l'arbre. Ce sucre liquide peut couler des mois, à condition qu'on rafraîchisse régulièrement la tranche, car les pores d'où il sort ont tendance à se boucher.

Vendredi montra à Robinson qu'en exposant au feu cette mélasse, elle se caramélisait. Il en enduisait des fruits qu'il rôtissait à la broche, mais aussi des viandes, et même des poissons.

Pourtant, c'est à propos d'un plat cuisiné que pour la première fois Robinson et Vendredi se disputèrent. Autrefois — avant l'explosion — il ne pouvait pas y avoir de dispute entre eux. Robinson était le maître. Vendredi n'avait qu'à obéir. Robinson pouvait réprimander, ou même battre Vendredi. Maintenant, Vendredi était libre. Il était l'égal de Robinson. Aussi ils pouvaient se fâcher l'un contre l'autre.

C'est ce qui arriva lorsque Vendredi prépara dans un grand coquillage une quantité de rondelles de serpent avec une garniture de sauterelles. Depuis plusieurs jours d'ailleurs, il agaçait Robinson. Rien de plus dangereux que l'agacement quand on doit vivre seul avec quelqu'un. Robinson avait eu la veille une indigestion de filets de tortue aux myrtilles. Et voilà que Vendredi lui mettait sous le nez cette fricassée de python et d'insectes ! Robinson eut un haut-le-cœur et envoya d'un coup de pied la grande coquille rouler dans le sable avec son contenu. Vendredi furieux la ramassa et la brandit à deux mains au-dessus de la tête de Robinson.

Les deux amis allaient-ils se battre ? Non ! Vendredi se sauva.

Deux heures plus tard, Robinson le vit revenir en traînant derrière lui sans douceur une sorte de mannequin. La tête était faite dans une noix de coco, les jambes et les bras dans des tiges de bambou. Surtout, il était habillé avec des vieux vêtements de Robinson, comme un épouvantail à oiseaux. Sur la noix de coco, coiffée d'un chapeau de marin, Vendredi avait dessiné le visage de son ami. Il planta le mannequin debout près de Robinson.

— Je te présente Robinson Crusoé, gouverneur de l'île de Speranza, lui dit-il.

Puis il ramassa la coquille sale et vide qui était toujours là et, avec un rugissement, il la brisa sur la noix de coco qui s'écroula au milieu des tubes de bambou brisés. Ensuite Vendredi éclata de rire, et alla embrasser Robinson.

Robinson comprit la leçon de cette étrange comédie. Un jour que Vendredi mangeait des gros vers de palmier vivants roulés dans des œufs de fourmis, Robinson exaspéré alla sur la plage. Dans le sable mouillé, il sculpta une sorte de statue couchée à plat ventre avec une tête dont les cheveux étaient des algues. On ne voyait pas la figure cachée dans l'un des bras replié, mais le corps brun et nu ressemblait à Vendredi. Robinson avait à peine terminé son œuvre quand Vendredi vint le rejoindre, la bouche encore pleine de vers de palmier.

— Je te présente Vendredi, le mangeur de serpents et de vers, lui dit Robinson en lui montrant la statue de sable.

Puis il cueillit une branche de coudrier qu'il débarrassa de ses rameaux et de ses feuilles, et il se mit à fouetter le dos et les fesses du Vendredi de sable qu'il avait fabriqué dans ce but.

Dès lors, ils vécurent à quatre sur l'île. Il y avait le vrai Robinson et la poupée Robinson, le vrai Vendredi et la statue de Vendredi, et tout ce que les deux amis auraient pu se faire de mal — les injures, les coups, les colères — ils les faisaient à la copie de l'autre. Entre eux ils n'avaient que des gentillesses.

Pourtant Vendredi trouva moyen d'inventer un autre jeu encore plus passionnant et curieux que celui des deux copies.

Un après-midi, il réveilla assez rudement Robinson qui faisait la sieste sous un eucalyptus. Il s'était fabriqué un déguisement dont Robinson ne comprit pas tout de suite le sens. Il avait enfermé ses jambes dans des guenilles nouées en pantalon. Une courte veste couvrait ses épaules. Il portait un chapeau de paille, ce qui ne l'empêchait pas de s'abriter sous une ombrelle de palmes. Mais surtout, il s'était fait une fausse barbe en se collant des touffes de coton sur les joues.

— Sais-tu qui je suis ? demanda-t-il à Robinson en déambulant majestueusement devant lui.

— Non.

— Je suis Robinson Crusoé, de la ville d'York en Angleterre, le maître du sauvage Vendredi !

— Et moi, alors, qui suis-je ? demanda Robinson stupéfait.

— Devine !

Robinson connaissait trop bien Vendredi pour ne pas comprendre à demi-mot ce qu'il voulait. Il se leva et disparut dans la forêt.

Si Vendredi était Robinson, le Robinson d'autrefois, maître de l'esclave Vendredi, il ne restait à Robinson qu'à devenir Vendredi, le Vendredi esclave d'autrefois. En réalité, il n'avait plus sa barbe carrée et ses cheveux rasés d'avant l'explosion, et il ressemblait tellement à Vendredi qu'il n'avait pas grand-chose à faire pour jouer son rôle. Il se contenta de se frotter la figure et le corps avec du jus de noix pour se brunir et d'attacher autour de ses reins le pagne de cuir des Araucans que portait Vendredi le jour où il débarqua dans l'île. Puis il se présenta à Vendredi et lui dit :

— Voilà, je suis Vendredi !

Alors Vendredi s'efforça de faire de longues phrases dans son meilleur anglais, et Robinson lui répondit avec les quelques mots d'araucan qu'il avait appris du temps que Vendredi ne parlait pas du tout anglais.

— Je t'ai sauvé de tes congénères qui voulaient te sacrifier aux puissances maléfiques, dit Vendredi.

Et Robinson s'agenouilla par terre, il inclina sa tête jusqu'au sol en grommelant des remerciements éperdus. Enfin prenant le pied de Vendredi, il le posa sur sa nuque.

Ils jouèrent souvent à ce jeu. C'était toujours Vendredi qui en donnait le signal. Dès qu'il apparaissait avec son ombrelle et sa fausse barbe, Robinson comprenait qu'il avait en face de lui Robinson, et que lui-même devait jouer le rôle de Vendredi. Ils ne jouaient d'ailleurs jamais des scènes inventées, mais seulement des épisodes de leur vie passée, alors que Vendredi était un esclave apeuré et Robinson un maître sévère. Ils représentaient l'histoire des cactus habillés, celle de la rizière asséchée, celle de la pipe fumée en cachette près de la réserve de poudre. Mais aucune scène ne plaisait autant à Vendredi que celle du début, quand il fuyait les Araucans qui voulaient le sacrifier, et quand Robinson l'avait sauvé.

Robinson avait compris que ce jeu faisait du bien à Vendredi parce qu'il le guérissait du mauvais souvenir qu'il avait de sa vie d'esclave. Mais à lui aussi Robinson, ce jeu faisait du bien, parce qu'il avait toujours un peu de remords d'avoir été un maître dur pour Vendredi.

Un jour, Vendredi revint d'une promenade en portant un petit tonneau sur son épaule. Il l'avait trouvé à proximité de l'ancienne forteresse, en creusant le sable pour attraper un lézard.

Robinson réfléchit longtemps, puis il se souvint qu'il avait enterré deux tonneaux de poudre reliés à la forteresse par un cordon d'étoupe qui permettait de les faire exploser à distance. Seul l'un des deux avait explosé peu après la grande catastrophe. Vendredi venait donc de retrouver l'autre. Robinson fut surpris de le voir si heureux de sa trouvaille.

— Qu'allons-nous faire de cette poudre, tu sais bien que nous n'avons plus de fusil ?

Pour toute réponse, Vendredi introduisit la pointe de son couteau dans la fente du couvercle et ouvrit le tonnelet. Puis il y plongea la main et en retira une poignée de poudre qu'il jeta dans le feu. Robinson avait reculé en craignant une explosion. Il n'y eut pas d'explosion, seulement une grande flamme verte qui se dressa avec un souffle de tempête et disparut aussitôt.

— Tu vois, expliqua Vendredi, le fusil est la façon la moins jolie de brûler la poudre. Enfermée dans le fusil, la poudre crie et devient méchante. Laissée en liberté, elle est belle et silencieuse.

Puis il invita Robinson à jeter lui-même une poignée de poudre dans le feu mais, cette fois, il sauta en l'air en même temps que la flamme, comme s'il voulait danser avec elle. Et ils recommencèrent, et encore, et encore, et il y avait ainsi de grands rideaux de feu verts et mouvants, et sur chacun d'eux la silhouette noire de Vendredi dans une attitude différente.

Plus tard, ils inventèrent une autre façon de jouer avec la poudre. Ils recueillirent de la résine de pin dans un petit pot. Cette résine — qui brûle déjà très bien — ils la mélangèrent avec la poudre. Ils obtinrent ainsi une pâte noire, collante et terriblement inflammable. Avec cette pâte, ils couvrirent le tronc et les branches d'un arbre mort qui se dressait au bord de la falaise. La nuit venue ils y mirent le feu : alors tout l'arbre se couvrit d'une carapace d'or palpitant, et il brûla jusqu'au matin, comme un grand candélabre de feu.

Ils travaillèrent plusieurs jours à convertir toute la poudre en pâte à feu et à en enduire tous les arbres morts de l'île. La nuit, quand ils s'ennuyaient et ne trouvaient pas le sommeil, ils allaient ensemble allumer un arbre. C'était leur fête nocturne et secrète.

Au cours des années qui avaient précédé l'explosion et la destruction de l'île civilisée, Robinson s'était efforcé d'apprendre l'anglais à Vendredi. Sa méthode était simple. Il lui montrait une marguerite, et il lui disait :

— Marguerite.

Et Vendredi répétait :

— Marguerite.

Et Robinson corrigeait sa prononciation défectueuse aussi souvent qu'il le fallait. Ensuite, il lui montrait un chevreau, un couteau, un perroquet, un rayon de soleil, un fromage, une loupe, une source, en prononçant lentement :

— Chevreau, couteau, perroquet, soleil, fromage, loupe, source.

Et Vendredi répétait après lui, et répétait aussi longtemps que le mot ne se formait pas correctement dans sa bouche.

Lorsque la catastrophe s'était produite, Vendredi savait depuis longtemps assez d'anglais pour comprendre les ordres que lui donnait Robinson et nommer tous les objets utiles qui les entouraient. Un jour cependant, Vendredi montra à Robinson une tache blanche qui palpitait dans l'herbe, et il lui dit :

— Marguerite.

— Oui, répondit Robinson, c'est une marguerite.

Mais à peine avait-il prononcé ces mots que la marguerite battait des ailes et s'envolait.

— Tu vois, dit-il aussitôt, nous nous sommes trompés. Ce n'était pas une marguerite, c'était un papillon.

— Un papillon blanc, rétorqua Vendredi, c'est une marguerite qui vole.

Avant la catastrophe, quand il était le maître de l'île et de Vendredi, Robinson se serait fâché. Il aurait obligé Vendredi à reconnaître qu'une fleur est une fleur, et un papillon un papillon. Mais là, il se tut et réfléchit.

Plus tard, Vendredi et lui se promenaient sur la plage. Le ciel était bleu, sans nuages, mais comme il était encore très matin, on voyait le disque blanc de la lune à l'ouest. Vendredi qui ramassait des coquillages montra à Robinson un petit galet qui faisait une tache blanche et ronde sur le sable pur et propre. Alors, il leva la main vers la lune et dit à Robinson :

— Écoute-moi. Est-ce que la lune est le galet du ciel, ou est-ce ce petit galet qui est la lune du sable ?

Et il éclata de rire, comme s'il savait d'avance que Robinson ne pourrait pas répondre à cette drôle de question.

Puis il y eut une période de mauvais temps. Des nuages noirs s'amoncelèrent au-dessus de l'île, et bientôt la pluie se mit à crépiter sur les feuillages, à faire jaillir des milliards de petits champignons à la surface de la mer, à ruisseler sur les rochers. Vendredi et Robinson s'étaient abrités sous un arbre. Vendredi s'échappa soudain et s'exposa à la douche. Il renversait son visage en arrière et laissait l'eau couler sur ses joues. Il s'approcha de Robinson.

— Regarde, lui dit-il, les choses sont tristes, elles pleurent. Les arbres pleurent, les rochers pleurent, les nuages pleurent, et moi, je pleure avec eux. Ouh, ouh, ouh ! La pluie, c'est le grand chagrin de l'île et de tout...

Robinson commençait à comprendre. Il acceptait peu à

peu que les choses les plus éloignées les unes des autres — comme la lune et un galet, les larmes et la pluie — puissent se ressember au point d'être confondues, et que les mots volent d'une chose à une autre, même si ça devait un peu embrouiller les idées.

Il entra tout à fait dans le jeu quand Vendredi lui expliqua les règles du *Portrait araucan en cinq touches*. Vendredi lui disait par exemple :

— C'est une mère qui te berce, c'est un cuisinier qui sale ta soupe, c'est une armée de soldats qui te retient prisonnier, c'est une grosse bête qui se fâche, hurle et trépigne quand il fait du vent, c'est une peau de serpent aux mille écailles qui miroitent au soleil. Qu'est-ce que c'est ?

— C'est l'Océan ! triompha Robinson.

Et pour montrer qu'il avait compris la règle du jeu, il interrogea Vendredi à son tour :

— C'est une toison géante où deux hommes sont cachés comme des puces, c'est le sourcil qui se fronce au-dessus du gros œil de la mer, c'est un peu de vert sur beaucoup de bleu, c'est un peu d'eau douce dans beaucoup d'eau salée, c'est un bateau toujours immobile à l'ancre. Qu'est-ce que c'est ?

— C'est notre île, Speranza, s'écria Vendredi, et il posa à son tour une autre devinette :

— Si c'était un arbre, ce serait un palmier à cause des poils fauves qui en couvrent le tronc. Si c'était un oiseau, ce serait le corbeau du Pacifique à cause de son cri rauque et aboyant, si c'était une partie de mon corps, ce serait ma main gauche à cause de la fidélité avec laquelle elle aide ma main droite. Si c'était un poisson ce serait le brochet chilien à cause de ses dents aiguisées. Si c'était un fruit, ce serait deux noisettes, à cause de ses petits yeux bruns. Qu'est-ce que c'est ?

— C'est Tenn, notre bon chien, répondit Robinson. Je

l'ai reconnu avec son poil fauve, son aboiement, sa fidélité, ses crocs aiguisés et ses petits yeux noisette.

Mais parce qu'il évoquait le souvenir du bon Tenn disparu, Robinson sentit une tristesse l'envahir, et une drôle de boule se gonfler dans sa gorge et l'empêcher de parler.

Vendredi s'en aperçut et s'en voulut de sa maladresse.

Un matin, Vendredi fut réveillé par la voix de Robinson qui l'appelait par son nom. Il se dressa sur son séant et regarda autour de lui. Personne! Pourtant il n'avait pas rêvé. Tout à coup, juste au-dessus de sa tête, partant des branches de l'arbuste sous lequel il avait dormi, l'appel retentit à nouveau :

— Vendredi! Vendredi!

Il se leva et inspecta le feuillage du petit arbre. C'est alors qu'il vit un oiseau vert et gris s'enfuir à tire-d'aile avec une espèce de ricanement dans la direction d'un petit bois où les deux amis allaient rarement.

Il voulut en avoir le cœur net et se dirigea vers ce point de l'île. Il n'eut pas à chercher longtemps : l'un des plus beaux arbres — un tulipier — paraissait chargé de gros fruits bizarres... qui se révélèrent en réalité comme autant de nids de perroquets.

L'après-midi, il revint avec Robinson. Les perroquets faisaient un grand vacarme de caquetages dans les branches du tulipier, mais ils se turent soudain en voyant approcher les deux amis, et c'est dans un grand silence que Vendredi et Robinson s'arrêtèrent sous l'arbre.

— Je n'ai jamais vu de perroquets dans l'île, dit Robinson. Ils ont dû tous arriver en même temps pour pondre leurs œufs et viennent sans doute d'une autre île pas trop éloignée.

Vendredi ouvrait la bouche pour lui répondre, mais il fut interrompu par la cacophonie des perroquets qui se remettaient tous à parler ensemble. *Jamais vu, jamais vu, jamais vu*, criait l'un, *une autre île, une autre île, une autre île*, répétait un autre, *arriver en même temps, arriver en même temps, arriver en même temps*, caquetait un troisième, et tout un groupe d'oiseaux verts perchés sur la plus proche branche leur cornaient aux oreilles *trop éloignée, trop éloignée, trop éloignée*.

Assourdis par tout ce bruit, Vendredi et Robinson s'enfuirent jusque vers les grands pins qui bordaient la plage.

— C'est bien la première fois depuis mon naufrage que je suis gêné par des bruits de voix, s'écria Robinson qui se souvenait de ses longues années de solitude.

— *Bruits de voix, bruits de voix, bruits de voix !* glapit une voix aigre dans les branches du pin le plus proche.

Il fallut fuir encore plus loin, au bord de la mer, à l'endroit où les vagues croulent sur le sable mouillé.

Dès lors, Robinson et Vendredi eurent la plus grande difficulté à échanger des phrases sans qu'aussitôt une voix moqueuse, partant du buisson ou de l'arbuste voisin, ne vienne les interrompre en répétant certains mots qu'ils avaient prononcés. Exaspéré, Robinson ne se déplaçait plus qu'avec un bâton qu'il lançait rageusement dans la direction d'où venait la voix. Jamais il n'atteignit un perroquet, mais souvent on en voyait un s'enfuir avec un cri qui ressemblait à un rire moqueur.

— En vérité, lui dit Vendredi quelques jours plus tard, je crois que c'est une bonne leçon. Nous parlons trop. Il n'est pas toujours bon de parler. Dans ma tribu, chez les Araucans, plus on est sage, moins on parle. Plus on parle, moins on est respecté. Les animaux les plus bavards sont les singes et, parmi les hommes, ce sont les petits enfants et les vieilles femmes qui parlent le plus.

Et il ne se laissa pas troubler par le cri qui retentit presque sous ses pieds et qui répétait *petits enfants, petits enfants, petits enfants*. Il montra à Robinson un certain nombre de gestes des mains qui pouvaient exprimer les choses les plus importantes.

Ainsi ce geste signifiait :

J'ai sommeil.

Cet autre :   Celui-ci :

J'ai faim.   *J'ai soif.*

En voici quelques autres grâce auxquels les deux amis se comprenaient en silence :

Attention ! Il faut partir !

Il faut se cacher !

Il va faire chaud. Il va pleuvoir.

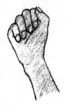

Un oiseau est là. Un pécari est là.

Ainsi Robinson et Vendredi restèrent-ils silencieux plusieurs semaines. Un matin, les œufs des perroquets ayant éclos et leurs petits ayant appris à voler, il y eut un grand rassemblement caquetant sur le rivage. Puis d'un seul coup, au moment où le soleil se levait, tous les oiseaux s'envolèrent vers le large, et on vit décroître et disparaître à l'horizon un gros nuage rond et vert comme une pomme.

Robinson et Vendredi se remirent à parler avec leur bouche, et ils furent tout heureux d'entendre à nouveau le son de leurs propres voix. Mais l'expérience avait été heureuse et salutaire, et souvent, désormais, d'un commun accord, ils se taisaient et ne communiquaient plus qu'avec leurs mains.

Les chèvres que Robinson avait domestiquées et enfermées dans des enclos étaient retournées à l'état sauvage. Mais comme presque toutes les bêtes qui vivent en liberté, elles s'étaient organisées en groupes que commandaient les boucs les plus forts et les plus sages. Ces maîtres-boucs obéissaient eux-mêmes à un roi-bouc d'une taille et d'une force terribles qui s'appelait Andoar.

Quand un danger menaçait un troupeau, il se rassemblait — généralement sur une colline ou un rocher — et toutes les bêtes du premier rang baissaient la tête et opposaient à l'ennemi une barrière de cornes infranchissable.

Vendredi avait imaginé un jeu dangereux qui le passionnait. Il luttait avec les boucs qu'il surprenait isolés. S'ils fuyaient, il les rattrapait à la course. Il empoignait leurs cornes et il les forçait à se coucher. Pour marquer ceux qu'il avait ainsi vaincus, il leur nouait un petit collier de lianes autour du cou.

Il arriva cependant qu'au cours d'une de ces chasses au bouc, Vendredi recueillit une petite chèvre qu'il avait trouvée blessée dans un creux de rocher. Elle avait une patte de devant cassée. C'était une chevrette toute jeune, blanche, et elle n'avait pas encore de cornes. Vendredi lui fabriqua des attelles avec des bâtons qu'il lia autour de l'os fracturé. Sans doute une chèvre plus âgée et plus raisonnable se serait-elle accommodée de cet appareil qui l'empêchait de plier le genou. Mais la petite chèvre Anda — ainsi l'avait baptisée Vendredi — ne pouvait tenir en place. Elle sautait comme une folle et se faisait très mal en retombant sur ses attelles. D'ailleurs, elle finissait toujours par s'en débarrasser, et alors elle basculait sur le flanc et poussait des cris lamentables.

Robinson était d'avis qu'il fallait l'abattre. Dans tous les pays du monde, on abat les chèvres, les moutons, et même les chevaux qui ont un membre cassé. C'est que ces animaux ne peuvent supporter la contrainte du plâtre ou des éclisses qui maintiennent en place les os fracturés.

Mais Vendredi s'obstina à vouloir sauver Anda. Puisqu'elle ne pouvait ni marcher, ni courir, ni sauter, eh bien, il l'immobiliserait tout à fait! C'est ainsi qu'il la lia dans un cadre de bois posé sur le sol. Au début, Anda, couchée sur le flanc, se débattait et bêlait à fendre l'âme. Mais elle se résigna et consentit à manger l'herbe odorante et à boire l'eau fraîche que Vendredi lui apportait deux fois par jour.

Au bout de trois semaines, Vendredi la libéra. Aussitôt la petite chèvre voulut s'élancer. Mais ses muscles étaient ankylosés. Elle titubait comme si elle avait bu du vin. Il fallut lui rapprendre à marcher. Vendredi s'y employa avec une patience inlassable. Il la tenait par les flancs, entre ses propres jambes, et il avançait pas à pas, tandis que les petits sabots piaffaient et s'embrouillaient maladroitement sur les cailloux. Elle finit cependant par pouvoir à nouveau sauter et galoper, la petite Anda, et c'était merveille de la voir bondir de rocher en rocher, tantôt derrière Vendredi, tantôt le précédant, mais alors il avait parfois bien du mal à la suivre.

Seulement, si elle avait appris à nouveau à courir, Anda ne voulut jamais se remettre à brouter seule! On pouvait la placer au milieu d'une prairie pleine d'herbes et de fleurs, ou sous le feuillage tendre d'un arbrisseau — car les chèvres préfèrent les feuilles aux herbes — elle bêlait en direction de Vendredi et attendait qu'il lui donne de sa main les plantes qu'il avait cueillies pour elle.

Vendredi et Anda étaient inséparables. La nuit, Vendredi se couvrait de la fourrure chaude et vivante d'Anda, étendue sur lui. Le jour, elle ne le quittait pas d'un mètre.

— Tu verras, disait-il à Robinson. Plus tard, quand elle aura du lait, je ne la trairai pas, comme nous faisions autrefois, non ! Je la téterai directement, comme une petite maman !

Et il riait de plaisir à cette idée. Robinson l'écoutait avec une certaine jalousie, car il se sentait exclu de la grande amitié qui unissait Vendredi et la chevrette.

— Depuis la catastrophe, lui dit-il, tu veux que tout le monde soit libre à Speranza, et qu'il n'y ait plus d'animaux domestiques. Alors pourquoi retiens-tu Anda près de toi ?

— Anda n'est pas un animal domestique, répondit Vendredi avec dignité. Elle est libre. Elle reste avec moi, parce qu'elle m'aime. Le jour où elle voudra partir, je ne l'empêcherai pas !

Or un matin, Vendredi se réveilla avec le sentiment qu'il s'était passé quelque chose pendant son sommeil. Anda était bien dans ses bras, comme d'habitude, pourtant, en la regardant en face, Vendredi lui trouva un drôle d'air. Et puis il flottait une odeur autour de lui, une odeur forte, une odeur de bouc ! Il ne dit rien, mais il y pensa toute la journée.

La nuit suivante, il ne dormit que d'un œil. Et voilà qu'à minuit le buisson près duquel il reposait parut s'entrouvrir comme une grosse fleur, et il vit apparaître en son milieu la plus belle tête de bouc qu'il avait jamais vue. Des longs yeux d'or brillaient dans l'épaisseur de la toison, une barbiche fine et soyeuse s'agitait au bout du menton, de grosses cornes noires et annelées se dressaient sur son front. En même temps un léger souffle de vent rabattait sur Vendredi une terrible odeur de suint et de musc. Bien qu'il ne l'ait jamais vu, Vendredi reconnut aussitôt Andoar, le roi des chèvres de Speranza. Mais sans doute Anda l'avait-elle vu aussi, car elle se débattait doucement dans les bras de Vendredi, comme si elle avait voulu se dégager sans le réveiller. Mais Vendredi la serra plus fort et l'empêcha de partir, jusqu'à ce que le grand bouc ait disparu. Aussitôt, il se souvint de ce qu'il avait dit à Robinson : si Anda voulait partir, il ne l'en empêcherait pas ! Et il rougit de honte sous sa peau brune.

Le jour suivant, il tressa soigneusement des lianes de couleurs vives pour en faire un collier plus solide et plus beau que les autres : le collier du roi Andoar. Puis il partit dans la montagne à la recherche de son adversaire.

Il l'aperçut au sommet d'un rocher, immobile comme une grosse statue de poils. Il grimpa lentement le long du rocher, en serrant entre ses dents le collier de lianes de couleurs qui devait marquer sa victoire sur Andoar. Sur le sommet du rocher, il y avait vraiment peu de place pour deux ! Mais le bouc ne bougeait toujours pas. Vendredi ne savait que faire. Fallait-il le provoquer ? Il s'approcha en tenant le collier à bout de bras. Il allait toucher le bouc, quand celui-ci s'avança brusquement d'un mètre et passa ses grandes cornes à droite et à gauche de la ceinture de Vendredi. L'Indien était pris comme dans les branches d'une grande pince. Puis le bouc tourna la tête de côté, et Vendredi, perdant l'équilibre, tomba du haut du rocher. Heureusement, la hauteur n'était pas très grande. Mais il y avait au pied du rocher des épines et des houx qui l'écorchèrent profondément.

Vendredi dut garder le hamac plusieurs jours. Robinson lui faisait des applications de mousse humide, et Anda lui léchait ses blessures. Il parlait sans cesse d'Andoar qu'il voulait retrouver pour avoir sa revanche, et, comme il était bon joueur, il ne cessait de faire l'éloge du roi des chèvres. Andoar, disait-il, pouvait être repéré à cent mètres de distance rien qu'à son épouvantable odeur. Andoar ne fuyait jamais quand on l'approchait. Andoar ne l'avait pas attaqué après sa chute du rocher, et il n'avait pas essayé de le frapper à mort, comme l'aurait fait tout autre bouc...

Vendredi était très faible. Il restait couché tout le temps, sauf quand il cueillait des herbes et puisait de l'eau pour Anda. Un soir, épuisé de fatigue, il tomba dans un sommeil profond. Quand il se réveilla très tard le lendemain matin, Anda avait disparu.

— Tu vois, dit-il à Robinson, elle a voulu partir, elle est partie.

Mais Robinson qui n'était pas dupe lui rit au nez. Alors, Vendredi jura en lui-même qu'il retrouverait Andoar, qu'il lui passerait le collier de lianes et qu'il reprendrait Anda.

Lorsqu'il fut guéri, Robinson essaya de l'empêcher de repartir défier le roi des chèvres. Il y avait d'abord l'odeur que Vendredi apportait, collée à sa peau, quand il avait lutté avec des boucs. Mais en plus, le jeu était réellement dangereux, comme le prouvaient sa chute du rocher et ses blessures. Mais tout ce qu'il pouvait dire ne servait à rien. Vendredi voulait sa revanche, et il en acceptait gaiement tous les risques. Un matin, il repartit au milieu des grands rochers à la recherche de son adversaire.

Il n'eut pas longtemps à chercher pour le découvrir. La silhouette du grand mâle se dressait au milieu d'une foule de chèvres et de chevreaux qui s'enfuirent en désordre à son approche. Seule une petite chèvre blanche resta fidèlement auprès du roi, et Vendredi fut bien obligé de reconnaître Anda. D'ailleurs elle ne broutait pas. C'était Andoar qui broutait pour elle : il arrachait une touffe d'herbe et la présentait à Anda. La chevrette s'en saisissait avec ses dents, et elle hochait plusieurs fois la tête comme pour dire merci. Vendredi en eut un pincement de jalousie.

Andoar ne cherchait pas à fuir. Il se trouvait au milieu d'une sorte de cirque, limité d'un côté par un mur de pierre vertical, de l'autre par un précipice d'une trentaine de mètres de profondeur.

Vendredi dénoua la cordelette qu'il avait enroulée autour de son poignet et l'agita comme un défi sous le nez d'Andoar. Le fauve s'arrêta tout à coup de mâcher en gardant un long brin d'herbe entre ses dents. Puis il ricana dans sa barbiche et se dressa sur ses pattes de derrière, comme pour faire le beau. Il fit ainsi quelques pas en direction de Vendredi en agitant dans le vide ses sabots de devant, et en hochant ses immenses cornes, comme s'il saluait une foule venue pour l'admirer. Vendredi fut stupéfait de cette pantomime grotesque. Cette seconde de distraction le perdit. La bête n'était plus qu'à quelques pas de lui quand elle se laissa retomber en avant et prit en même temps un élan formidable dans sa direction. Elle vola comme une flèche vers la poitrine de l'Indien. Vendredi se jeta de côté un instant trop tard. Un choc violent à l'épaule droite le fit tourner sur lui-même. Il tomba brutalement sur les pierres et demeura plaqué au sol.

S'il s'était relevé aussitôt, il aurait été incapable d'éviter une nouvelle attaque. Il resta donc aplati sur le dos, et il ne voyait ainsi entre ses paupières mi-closes qu'un morceau de ciel bleu. Brusquement le ciel s'obscurcit et une tête velue et barbichue avec un mufle tordu par une espèce de ricanement se pencha sur lui. Il tenta de faire un mouvement, mais son épaule lui fit tellement mal qu'il s'évanouit.

Lorsqu'il rouvrit les yeux, le soleil était au zénith et le baignait d'une chaleur insupportable. Il s'appuya sur sa main gauche et ramena ses pieds sous lui. Le mur de pierre réverbérait la lumière comme un miroir. Le bouc était invisible.

Il se leva en chancelant, et il allait se retourner, quand il entendit derrière lui un bruit de sabots sur les pierres. Le bruit se rapprochait si vite qu'il ne chercha pas à faire face. Il se laissa tomber sur la gauche, du côté de sa bonne épaule. Un choc au niveau de la hanche le fit trébucher, les bras en croix. Andoar s'était arrêté d'un seul coup, planté sur ses quatre pattes sèches. Vendredi perdit tout à fait l'équilibre et s'écroula sur le dos du bouc. Andoar plia sous le poids, puis il se rassembla et repartit au grand galop.

Torturé par son épaule, l'Indien se cramponnait à la bête. Ses mains avaient empoigné les cornes au plus près du crâne, ses jambes serraient la fourrure des flancs dans laquelle s'accrochaient ses doigts de pied. Le bouc faisait des bonds fantastiques pour se débarrasser de ce corps nu qui l'étouffait. Il fit plusieurs fois le tour de la carrière où il avait rencontré Vendredi, sans jamais trébucher dans les rochers. Vendredi souffrait tellement qu'il avait envie de vomir et qu'il avait peur de s'évanouir à nouveau. Il fallait obliger Andoar à s'arrêter. Ses mains descendirent le long du crâne de la bête et se plaquèrent sur ses yeux. Aveuglée, elle s'arrêterait sans doute. Elle ne s'arrêta pas. Elle fonçait droit devant elle comme si les obstacles n'existaient plus. Ses sabots sonnèrent sur la dalle de pierre qui s'avançait vers le précipice, et les deux corps toujours enlacés tombèrent dans le vide.

À deux kilomètres de là, Robinson avait observé à la longue-vue la lutte et la chute des deux adversaires. Il connaissait assez bien cette région de l'île pour savoir que le fond du précipice était accessible par un petit sentier qui serpentait le long de la montagne.

Le soir tombait, lorsqu'il découvrit le cadavre d'Andoar au milieu des maigres buissons qui poussaient entre les pierres. En se bouchant le nez, il se pencha sur le grand corps brun et reconnut aussitôt la cordelière de couleur solidement nouée autour de son cou. Il se releva en entendant rire derrière lui. Vendredi était là, debout. Il était couvert d'égratignures et il avait une épaule démise, mais il paraissait tout heureux. Anda était à côté de lui et lui léchait la main.

— Le roi des chèvres était sous moi et il m'a protégé quand nous sommes tombés, expliqua-t-il. Le grand bouc est mort en me sauvant, mais je vais bientôt le faire voler et chanter.

Vendredi se remettait de ses fatigues et de ses blessures avec une rapidité qui étonnait toujours Robinson. Quelques jours plus tard, il retournait à la dépouille d'Andoar. Il trancha d'abord la tête qu'il déposa au centre d'une fourmilière. Puis il coupa la peau autour des pattes et sur toute la longueur de la poitrine et du ventre. Enfin il déshabilla le bouc de sa peau qu'il étendit à plat sur le sol. De la bête écorchée, il ne conserva que les intestins. Il les lava à grande eau et les mit à sécher dans les branches d'un arbre. Puis il gagna le bord de la mer en chantonnant avec sous son bras la lourde et grasse peau d'Andoar. Il la rinça dans les vagues pour qu'elle s'imprègne de sable et de sel. Ensuite il la gratta avec un coquillage pour enlever tous les poils. Ce travail lui demanda plusieurs jours. Enfin il l'étendit sur deux arcs de bois qui la tendaient comme une peau de tambour. Quand elle fut bien sèche, il la polit avec une pierre ponce.

— Andoar va voler, Andoar va voler, répétait-il très excité, en refusant toujours de dévoiler ses projets.

Depuis sa plus petite enfance, Robinson était sujet au vertige. Monter debout sur une chaise suffisait à lui donner un malaise. Un jour il avait voulu visiter le clocher de la cathédrale de sa ville natale, York. Après une longue escalade dans l'escalier raide et étroit qui tournait en colimaçon, il avait brusquement quitté l'ombre des murs et s'était retrouvé en plein ciel, sur une plate-forme d'où on voyait toute la ville et ses habitants gros comme des fourmis. Il avait hurlé de peur, et il avait fallu le redescendre comme un paquet, la tête enveloppée dans sa cape d'écolier.

Aussi chaque matin s'efforçait-il de monter dans un arbre pour s'aguerrir. Autrefois, il aurait trouvé cet exercice inutile et ridicule. Depuis qu'il vivait en prenant Vendredi pour modèle, il jugeait important de se débarrasser de son terrible vertige.

Il avait choisi ce matin-là un araucaria, un des plus grands arbres de l'île. Il empoigna la branche la plus basse et se hissa sur un genou. Il gravit ensuite les étages successifs du branchage en songeant qu'il jouirait du lever du soleil un peu plus tôt en se trouvant au sommet de l'arbre. À mesure qu'il grimpait, il sentait davantage l'arbre vibrer et se balancer dans le vent. Le vertige commençait à lui contracter l'estomac. Il approchait de la cime quand il se trouva tout à coup suspendu dans le vide : sous l'effet de la foudre sans doute le tronc se trouvait ébranché sur une hauteur de deux mètres. Là, il commit une erreur qu'on évite difficilement quand on craint le vertige : il regarda à ses pieds. Il ne vit qu'un fouillis de branches qui s'enfonçaient en tournant comme une spirale. L'angoisse le paralysa et il serra le tronc dans ses bras et entre ses jambes. Enfin il comprit qu'il fallait regarder non pas *au-dessous* de lui, mais *au-dessus* de lui. Il leva les yeux. Dans le ciel bleu un grand oiseau d'or en forme de losange se balançait au gré du vent. Vendredi avait exécuté sa mystérieuse promesse : il faisait voler Andoar.

Il avait d'abord ligaturé trois baguettes de jonc en forme de croix. Puis il avait creusé une gorge dans chacune de leurs sections, et il y avait fait passer un boyau. Sur le cadre léger et robuste ainsi obtenu, il avait posé la peau d'Andoar en rabattant et en cousant ses bords sur le boyau. Les deux extrémités de la baguette la plus longue étaient réunies par une ficelle assez lâche à laquelle était nouée la corde du cerf-volant en un point soigneusement calculé, car de là dépendait son inclinaison dans le vent.

Vendredi avait travaillé dès les premières lueurs de l'aube à son cerf-volant, et le grand oiseau de peau à peine terminé s'agitait dans le vent entre ses mains, comme s'il était impatient de prendre son vol. Sur la plage, l'Indien avait crié de joie au moment où Andoar, courbé comme un arc, était monté en fusée, entraînant une guirlande de plumes blanches et noires.

Robinson était bien vite descendu de son arbre pour le rejoindre. Il le trouva couché sur le sable, les mains croisées derrière la nuque, la chevrette Anda roulée en boule à ses pieds. La corde du cerf-volant était attachée à sa cheville. Robinson s'étendit près de lui, et longtemps, ils regardèrent tous deux le vol capricieux d'Andoar au milieu des nuages, qui montait et plongeait, vibrait sous une rafale, et s'affaissait tout à coup parce que le vent faiblissait. Tout à coup Vendredi sauta sur ses pieds, et, sans détacher la corde du cerf-volant toujours nouée à sa cheville, il mima la danse aérienne d'Andoar. Riant et chantant, il s'accroupit en boule sur le sol, puis bondit en levant les bras, retomba, projeta sa jambe gauche vers le ciel, tournoya, accompagné par les gambades d'Anda. Et là-haut, très loin dans les nuages, le bel oiseau d'or attaché par trois cents mètres de fil à la cheville de l'Indien l'accompagnait dans sa danse, virevoltait, plongeait, bondissait avec lui.

L'après-midi fut consacré à la pêche au cerf-volant, telle qu'on la pratique encore dans les îles de l'archipel Salomon. La corde du cerf-volant fut attachée à l'arrière de la pirogue, tandis qu'une ligne de même longueur partait de la queue de l'engin et se terminait par un hameçon dissimulé dans une touffe de plumes. Robinson pagayait lentement contre le vent, et, loin derrière la pirogue, la touffe de plumes frôlait les vagues en scintillant. Parfois un gros poisson se jetait sur cet appât et refermait sa gueule sur l'hameçon. Alors Vendredi et Robinson voyaient dans le ciel le grand cerf-volant s'agiter comme le bouchon d'une canne à pêche quand un poisson a mordu. Robinson faisait demi-tour, et, ramant dans le sens du vent, il rejoignait assez vite le bout de la ligne que Vendredi saisissait. Au fond du bateau s'entassaient les corps brillants, tout ronds, aux dos verts et aux flancs argentés des poissons qui étaient presque tous des belones.

Le soir, Vendredi ne voulut pas ramener Andoar à terre pour la nuit. Il l'attacha à l'un des poivriers auxquels était suspendu son hamac. Tel un animal domestique à la longe, Andoar passa ainsi la nuit aux pieds de son maître. Il l'accompagna également tout le jour suivant. Mais au cours de la deuxième nuit, le vent tomba tout à fait, et il fallut aller chercher le grand oiseau au milieu d'un champ de fleurs où

il s'était doucement posé. Après plusieurs essais infruc-
tueux, Vendredi renonça à le remettre dans le vent. Il parut
l'oublier et ne fit plus que la sieste pendant huit jours. Alors
il sembla se souvenir de la tête du bouc qu'il avait abandonnée dans une fourmilière.

Les petites fourmis avaient bien travaillé. Il ne restait plus rien des longs poils blancs et bruns, de la barbe et de la chair. Même l'intérieur de la tête avait été parfaitement nettoyé. Quand Vendredi revint vers Robinson ce jour-là, il brandissait à bout de bras un superbe crâne blanc et sec avec deux magnifiques cornes noires, annelées et en forme de lyre. Ayant retrouvé par hasard la cordelette de couleur qu'il avait nouée au cou d'Andoar, il l'attacha à la base des cornes, comme on met un nœud dans les cheveux des petites filles.

— Andoar va chanter! promit-il mystérieusement à Robinson qui le regardait faire.

Il tailla d'abord deux petites traverses de longueur inégale dans du bois de sycomore. Avec la plus longue, grâce à deux trous percés latéralement à ses extrémités, il réunit les pointes des deux cornes. La plus courte fut fixée parallèlement à la première, à mi-hauteur du chanfrein. Un peu plus haut, entre les orbites, il plaça une planchette de sapin dont l'arête supérieure portait douze étroits sillons. Enfin il décrocha les boyaux d'Andoar qui se balançaient toujours dans les branches d'un arbre, mince et sèche lanière tannée par le soleil, et il la coupa en morceaux égaux d'un mètre chacun environ.

Lorsqu'il le vit tendre entre les deux traverses, à l'aide de chevilles, les douze boyaux qui pouvaient garnir le front d'Andoar, Robinson comprit qu'il voulait fabriquer une *harpe éolienne*. La harpe éolienne est un instrument qu'on met en plein air ou dans un courant d'air, et c'est le vent qui joue de la musique en faisant vibrer les cordes. Toutes les cordes doivent donc pouvoir retentir en même temps, sans discordance, et il faut qu'elles soient accordées à l'unisson ou à l'octave.

Vendredi fixa de chaque côté du crâne une aile de vautour pour rabattre sur les cordes le plus faible souffle de vent. Puis la harpe éolienne trouva place dans les branches d'un cyprès mort qui dressait sa maigre silhouette au milieu des rochers, en un endroit exposé à toute la rose des vents. À peine installée d'ailleurs, elle émit déjà un son flûté, grêle et plaintif, bien que le temps fût tout à fait calme. Vendredi écouta longtemps cette musique si triste et si douce qu'elle donnait envie de pleurer. Enfin, il fit une grimace de mépris, et leva deux doigts en direction de Robinson. Il voulait dire par là que le vent trop faible ne faisait vibrer que deux cordes sur douze.

Il fallut attendre la prochaine tempête qui ne se produisit qu'un mois plus tard pour qu'Andoar consente à chanter à pleine voix. Robinson avait finalement élu domicile dans les branches de l'araucaria où il s'était fait un abri avec des plaques d'écorce. Une nuit, Vendredi vint le tirer par les pieds. Une tourmente s'était levée, et on voyait dans le ciel livide la lune glisser rapidement comme un disque entre les nuages déchirés. Vendredi entraîna Robinson vers le cyprès. Bien avant d'arriver en vue de l'arbre, Robinson crut entendre un concert céleste où se mêlaient des flûtes et des violons. Le vent redoublait de violence quand les deux compagnons parvinrent au pied de l'arbre-chantant. Attaché court à sa plus haute branche, le cerf-volant vibrait comme une peau de tambour, tantôt immobile et frémissant, tantôt emporté dans de furieuses embardées. Sous la lumière changeante de la lune, les deux ailes de vautour s'ouvraient et se fermaient au gré des bourrasques. Ainsi Andoar-volant et Andoar-chantant semblaient réunis dans la même sombre fête. Et il y avait surtout cette musique grave et belle, si déchirante qu'on aurait dit la plainte du grand bouc, mort en sauvant Vendredi.

Serrés tous trois sous un rocher, Robinson, Vendredi et la chevrette Anda regardaient de tous leurs yeux ce spectacle terrible, et ils écoutaient de toutes leurs oreilles ce chant qui semblait à la fois tomber des étoiles et monter des profondeurs de la terre.

Vendredi cueillait des fleurs entre les rochers du chaos lorsqu'il aperçut un point blanc à l'horizon, du côté de l'est. Aussitôt, il descendit en courant prévenir Robinson qui achevait de se raser la barbe. Robinson était peut-être ému, mais il n'en laissa rien paraître.

— Nous allons avoir de la visite, dit-il simplement, raison de plus pour que j'achève ma toilette.

Au comble de l'excitation, Vendredi monta au sommet d'un arbre. Il avait emporté la longue-vue qu'il braqua sur le navire devenu nettement visible. C'était une goélette à hunier, un fin voilier, taillée pour la course avec ses deux hauts mâts dont le premier — le mât de misaine — portait une voile carrée, le second, une voile triangulaire. Elle filait bien ses dix à douze nœuds et se dirigeait droit vers la côte marécageuse de l'île. Vendredi se hâta d'aller donner ces précisions à Robinson qui passait un gros peigne d'écaille dans sa crinière rouge. Puis il regrimpa dans son observatoire. Le commandant avait dû se rendre compte que la côte n'était pas abordable de ce côté-là de l'île, car le navire virait de bord. Puis il réduisit sa toile et courut à petites voiles le long du rivage.

Vendredi alla avertir Robinson que le visiteur doublait les

dunes et jetterait l'ancre très probablement dans la baie du Salut.

Il importait avant toute chose de reconnaître sa nationalité. Robinson s'avança jusqu'au dernier rideau d'arbres bordant la plage et braqua sa longue-vue sur le navire qui stoppait à deux encablures du rivage. Quelques instants plus tard, on entendit la chaîne de l'ancre tinter en se déroulant.

Robinson ne connaissait pas ce type de bateau qui devait être récent, mais il reconnut l'*Union Jack*, le drapeau anglais, qui flottait à l'arrière. L'équipage avait mis une chaloupe à la mer, et déjà les avirons battaient les flots.

Robinson était très ému. Il ne savait plus depuis combien de temps il était dans l'île, mais il avait l'impression d'y avoir passé la plus grande partie de sa vie. On raconte qu'avant de mourir un homme revoit souvent tout son passé étalé devant lui comme un panorama. C'était un peu le cas de Robinson qui revoyait le naufrage, la construction de *L'Évasion*, son échec, la grande misère de la souille, l'exploitation frénétique de l'île, puis l'arrivée de Vendredi, les travaux que Robinson lui avait imposés, l'explosion, la destruction de toute son œuvre, et ensuite c'était une longue vie heureuse et douce, pleine de jeux violents et sains et des inventions extraordinaires de Vendredi. Est-ce que tout cela allait prendre fin ?

Dans la chaloupe s'amoncelaient les petits tonneaux destinés à renouveler la provision d'eau douce du navire. À l'arrière, on voyait debout, le chapeau de paille incliné sur une barbe noire, un homme botté et armé, le commandant sans doute.

L'avant de l'embarcation racla le fond et se souleva avant de s'immobiliser. Les hommes sautèrent dans l'écume des vagues et tirèrent la chaloupe sur le sable pour la mettre hors de portée de la marée montante. La barbe noire tendit la main à Robinson et se présenta.

— William Hunter, de Blackpool, commandant de la goélette le *Whitebird*.

— Quel jour sommes-nous ? lui demanda Robinson.

Étonné, le commandant se tourna vers l'homme qui le suivait et qui devait être son second.

— Quel jour sommes-nous, Joseph ?

— Le samedi 22 décembre 1787, Sir, répondit-il.

— Le samedi 22 décembre 1787, répéta le commandant tourné vers Robinson.

Le cerveau de Robinson travailla à vive allure. Le naufrage de *La Virginie* avait eu lieu le 30 septembre 1759. Il y avait donc exactement vingt-huit ans, deux mois et vingt-deux jours. Il ne pouvait imaginer qu'il soit depuis si longtemps dans l'île ! Malgré tout ce qui s'était passé depuis son arrivée sur cette terre déserte, cette durée de plus de vingt-huit années lui paraissait impossible à faire tenir entre le naufrage de *La Virginie* et l'arrivée du *Whitebird*. Et il y avait autre chose encore : il calculait que si l'on était en 1787, comme le disaient les nouveaux venus, il aurait exactement cinquante ans. Cinquante ans ! L'âge d'un vieux bonhomme en somme. Alors que grâce à la vie libre et heureuse qu'il menait à Speranza, grâce surtout à Vendredi, il se sentait de plus en plus jeune ! Il décida en tout cas de cacher aux arrivants la date véritable de son naufrage, de peur de passer pour un menteur.

— J'ai été jeté sur cette côte alors que je voyageais à bord de la galiote *La Virginie*, commandée par Pieter van Deyssel, de Flessingue. Je suis le seul rescapé de la catastrophe. Le choc m'a malheureusement fait perdre en partie la mémoire, et notamment je n'ai jamais pu retrouver la date à laquelle il a eu lieu.

— Je n'ai jamais entendu parler de ce navire dans aucun port, observa Hunter, mais il est vrai que la guerre avec les Amériques a bouleversé toutes les relations maritimes.

Robinson ne savait évidemment pas que les colonies anglaises de l'Amérique du Nord avaient combattu l'Angleterre pour conquérir leur indépendance, et qu'il en était résulté une guerre qui avait duré de 1775 à 1782. Mais il évita de poser des questions qui auraient trahi son ignorance.

Cependant Vendredi aidait les hommes à décharger les tonnelets et il les guidait vers le plus proche point d'eau. Robinson comprit que si l'Indien s'empressait si gentiment au service des matelots, c'était dans l'espoir qu'ils l'emmèneraient le plus tôt possible à bord du *Whitebird*. Lui-même devait s'avouer qu'il brûlait d'envie de visiter ce fin voilier, merveilleusement construit pour battre tous les records de vitesse et qui devait être pourvu des derniers perfectionnements de la marine à voile. En attendant, le commandant Hunter, le second Joseph et tous les hommes qu'il voyait s'affairer autour de lui paraissaient laids, grossiers, brutaux et cruels, et il se demandait s'il arriverait à reprendre l'habitude de vivre avec ses semblables.

Il avait entrepris de montrer à Hunter les ressources de l'île en gibier et en aliments frais, comme le cresson et le pourpier grâce auxquels les équipages en mer évitent d'attraper le scorbut. Les hommes grimpaient le long des troncs à écailles pour faire tomber d'un coup de sabre les choux palmistes, et on entendait les rires de ceux qui poursuivaient les chevreaux avec des cordes. Cela lui faisait mal de voir ces brutes avinées mutiler les arbres et massacrer les bêtes de son île, mais il ne voulait pas être égoïste envers les premiers hommes qu'il revoyait après tant d'années. À l'emplacement où s'élevait autrefois la banque de Speranza, de hautes herbes se creusaient sous le vent avec un murmure soyeux. Un matelot y trouva coup sur coup deux pièces d'or. Il ameuta aussitôt ses compagnons à grands cris, et après des disputes violentes, on décida d'incendier toute la prairie pour faciliter les recherches. Robinson ne put s'empêcher de penser que cet or était à lui en somme, et que les bêtes allaient être privées par cet incendie de la meilleure pâture de toute l'île. Chaque nouvelle pièce trouvée était l'occasion de bagarres souvent sanglantes qui se livraient au couteau ou au sabre.

Il voulut détourner son attention de ce spectacle en faisant parler Joseph, le second. Celui-ci lui décrivit aussitôt avec enthousiasme la traite des Noirs qui fournissait la main-d'œuvre des plantations de coton des États du Sud de l'Amérique. Les Noirs étaient enlevés en Afrique sur des bateaux spéciaux où ils étaient entassés comme de la marchandise. Aux États-Unis, on les vendait et on rechargeait le bateau avec du coton, du sucre, du café et de l'indigo. C'était un fret de retour idéal qui s'écoulait avantageusement au passage dans les ports européens. Puis Hunter prit la parole et raconta en riant comment, au cours de la guerre, il avait coulé un transport de troupes français envoyé en renfort aux insurgés américains. Tous ces hommes s'étaient noyés sous ses yeux. Robinson avait l'impression d'avoir soulevé une pierre et d'observer des cloportes noirs et grouillants.

Une première fois la chaloupe avait regagné le bord du *Whitebird* pour y déposer tout un chargement de fruits, de légumes et de gibier au milieu desquels se débattaient des chevreaux ligotés. Les hommes attendaient les ordres du commandant avant d'effectuer un second voyage.

— Vous me ferez bien l'honneur de déjeuner avec moi, dit-il à Robinson.

Et sans attendre sa réponse, il ordonna qu'on embarque l'eau douce et qu'on revienne ensuite pour le mener à bord avec son invité.

Lorsque Robinson sauta sur le pont du *Whitebird*, il y fut accueilli par un Vendredi radieux que la chaloupe avait amené lors de son précédent voyage. L'Indien avait été adopté par l'équipage et paraissait connaître le navire comme s'il y était né. Robinson le vit s'élancer dans les haubans, se hisser sur la hune et repartir de là sur les marchepieds de la vergue, se balançant à quinze mètres au-dessus des vagues avec un grand rire heureux. Il se souvint alors que Vendredi aimait tout ce qui avait rapport à l'air — la flèche, le cerf-volant, la harpe éolienne — et que ce beau voilier svelte, léger et blanc était certainement la chose aérienne la plus merveilleuse qu'il eût jamais vue. Il éprouva un peu de tristesse en constatant combien l'Indien paraissait plus heureux que lui de l'arrivée du *Whitebird*.

Il avait fait quelques pas sur le pont, lorsqu'il distingua une petite forme humaine attachée demi-nue au pied du mât de misaine. C'était un enfant qui pouvait avoir une douzaine d'années. Il était maigre comme un oiseau déplumé et tout son dos était strié de marques sanglantes. On ne voyait pas son visage, mais ses cheveux formaient une masse rouge qui retombait sur ses épaules minces et parsemées de taches de rousseur. Robinson ralentit le pas en le voyant.

— C'est Jean, notre mousse, lui dit le commandant.

Puis il se tourna vers Joseph.

— Qu'a-t-il encore fait ?

Aussitôt une face rougeaude coiffée d'une toque de cuisinier surgit de l'écoutille de la cambuse, comme un diable qui sort d'une boîte.

— Je ne peux rien en tirer, dit le maître coq. Ce matin il m'a gâté un pâté de poule en le salant trois fois par distraction. Il a eu ses douze coups de garcette. Il en aura d'autres s'il n'apprend pas à faire attention.

Et la tête disparut aussi soudainement qu'elle avait surgi.

— Détache-le, dit le commandant au second. Il faut qu'il nous serve au carré.

Robinson déjeuna avec le commandant et le second. Il

n'entendit plus parler de Vendredi qui devait manger avec l'équipage. Il eut du mal à venir à bout des terrines et des viandes en sauce, violemment épicées, dont on remplit plusieurs fois son assiette. Il n'avait plus l'habitude de ces nourritures lourdes et indigestes, lui qui ne mangeait plus que des choses légères, fraîches et naturelles depuis si longtemps.

C'était le mousse Jean qui servait à table, à demi enfoui dans un immense tablier blanc. Robinson chercha son regard sous la masse de ses cheveux fauves, mais il était si absorbé par sa peur de commettre quelque maladresse qu'il paraissait ne pas le voir. Le commandant était sombre et silencieux. C'était Joseph qui entretenait la conversation en expliquant à Robinson les dernières acquisitions de la technique de la voile et de la science de la navigation.

Après le déjeuner, Hunter se retira dans sa cabine, et Joseph entraîna Robinson sur la passerelle de commandement. Il voulait lui montrer un instrument récemment introduit dans la navigation, le sextant, qui servait à mesurer la hauteur du soleil au-dessus de l'horizon. Tout en écoutant la démonstration enthousiaste de Joseph, Robinson manipula avec plaisir le bel objet de cuivre, d'acajou et d'ivoire qui avait été extrait de son coffret.

Ensuite Robinson alla s'étendre sur le pont pour faire la sieste comme il en avait l'habitude. Au-dessus de lui, la pointe du mât de hune décrivait des cercles irréguliers dans un ciel parfaitement bleu où s'était égaré un croissant de lune translucide. En tournant la tête, il voyait Speranza, une bande de sable blond, puis un amas de verdure, enfin l'entassement du chaos rocheux.

C'est alors qu'il comprit qu'il ne quitterait jamais l'île. Ce *Whitebird* avec ses hommes, c'était l'envoyé d'une civilisation où il ne voulait pas retourner. Il se sentait jeune, beau et fort à condition de demeurer à Speranza avec Vendredi.

Sans le savoir, Joseph et Hunter lui avaient appris que, pour eux, il avait cinquante ans. S'il s'en allait avec eux, il serait un vieil homme aux cheveux gris, à l'allure digne, et il deviendrait bête et méchant comme eux. Non, il resterait fidèle à la vie nouvelle que lui avait enseignée Vendredi.

Lorsqu'il fit part de sa décision de demeurer sur l'île, seul Joseph manifesta de la surprise. Hunter n'eut qu'un sourire glacé. Au fond il était peut-être soulagé de n'avoir pas deux passagers supplémentaires à embarquer sur un navire étroit où la place était chichement distribuée.

— Je considère tout le ravitaillement et l'or que nous avons embarqués, comme l'effet de votre générosité, lui dit-il courtoisement. En souvenir de notre passage à Speranza, permettez-moi de vous offrir notre petite yole de repérage qui s'ajoute inutilement à nos deux chaloupes de sauvetage réglementaires.

C'était un canot léger et de bonne tenue, idéal pour un ou deux hommes par temps calme. Il remplacerait avantageusement la vieille pirogue de Vendredi. C'est dans cette embarcation que Robinson et son compagnon regagnèrent l'île comme le soir tombait.

En reprenant pied sur ses terres, Robinson éprouva un immense soulagement. Le *Whitebird* et ses hommes avaient apporté le désordre et la destruction dans l'île heureuse où il avait mené une vie idéale avec Vendredi. Mais qu'importait? Aux premières lueurs de l'aube, le navire anglais lèverait l'ancre et reprendrait sa place dans le monde civilisé. Robinson avait fait comprendre au commandant qu'il ne souhaitait pas que l'existence et la position de son île sur la carte fussent révélées par l'équipage du *Whitebird*. Le commandant avait promis, et Robinson savait qu'il respecterait son engagement. Robinson et Vendredi avaient encore de belles et longues années de solitude devant eux.

L'aube était pâle encore quand Robinson descendit de son araucaria. Il détestait les heures tristes et blêmes qui précèdent le lever du soleil, et il avait l'habitude d'attendre ses premiers rayons pour se lever. Quant à Vendredi, il faisait toujours la grasse matinée. Mais cette nuit-là, il avait mal dormi. C'était sans doute ce repas indigeste qu'il avait pris à bord du *Whitebird*, ces viandes, ces sauces et ce vin qui lui avaient donné un sommeil lourd, entrecoupé de réveils brusques et de cauchemars.

Il fit quelques pas sur la plage. Comme il s'y attendait, le *Whitebird* avait disparu. L'eau était grise et le ciel décoloré. Une rosée abondante alourdissait les plantes. Les oiseaux observaient un silence de mort. Robinson sentit une grande tristesse l'envahir. Dans quelques minutes, dans une heure au plus, le soleil se lèverait et rendrait la vie et la joie à toute l'île. En attendant, Robinson décida d'aller regarder Vendredi dormir dans son hamac. Il ne le réveillerait pas, mais sa présence le réconforterait.

Le hamac était vide. Ce qui était plus surprenant, c'était la disparition des menus objets dont Vendredi agrémentait ses siestes, miroirs, flageolets, sarbacanes, fléchettes, plumes, balles, etc. La chevrette Anda avait disparu, elle aussi. Une peur panique envahit brusquement Robinson. Et si Vendredi était parti avec le *Whitebird*? Il courut vers la plage : la yole et la vieille pirogue étaient là, tirées sur le sable sec. Si Vendredi avait voulu rejoindre la goélette anglaise, il aurait emprunté l'une de ces deux embarcations et il l'aurait abandonnée en mer ou hissée à bord. Pourquoi aurait-il fait cette traversée nocturne à la nage ?

Alors Robinson commença à battre toute l'île en appelant Vendredi. Il courut d'une plage à l'autre, des falaises aux dunes, de la forêt aux marécages, du chaos rocheux aux prairies, de plus en plus désespéré, trébuchant et criant, de plus en plus convaincu que Vendredi l'avait trahi et abandonné. Mais pourquoi, pourquoi ?

Alors il se souvint de l'admiration de Vendredi pour le beau bateau blanc, et comme il se balançait heureusement en riant d'une vergue à l'autre au-dessus des flots. C'était cela : Vendredi avait été séduit par ce nouveau jouet, plus magnifique que tous ceux qu'il avait construits lui-même dans l'île.

Pauvre Vendredi ! Car Robinson se souvenait aussi des horribles détails que Joseph, le second, lui avait donnés sur la traite des Noirs qui se pratiquait entre l'Afrique et les plantations de coton d'Amérique. Sans doute le naïf Indien était-il déjà au fond de la cale du *Whitebird*, dans les fers des esclaves...

Robinson était accablé de douleur. Il continuait ses recherches, mais il ne trouvait que des souvenirs qui achevaient de lui crever le cœur, la harpe éolienne et le cerf-volant, brisés par les hommes de la goélette, et tout à coup il sentit quelque chose de dur sous ses pieds. C'était le collier de Tenn, rongé par les moisissures. Alors Robinson appuya son front contre le tronc d'un eucalyptus, et il pleura toutes les larmes de son corps.

Quand il releva la tête, il vit à quelques mètres de lui une demi-douzaine de vautours qui l'observaient de leurs petits yeux rouges et cruels. Robinson voulait mourir, les vautours l'avaient deviné, mais justement, il ne voulait pas que son corps fût déchiqueté par les charognards. Il se souvint du fond de la grotte où il avait passé de si bonnes heures. Sans doute l'explosion avait bouché l'entrée de la grande caverne, mais il se sentait si diminué, si faible et rapetissé qu'il était bien sûr de trouver un passage, une fente entre deux blocs. Alors il descendrait tout au fond du trou qui était doux et tiède, il s'accroupirait, la tête sur les genoux, les pieds croisés, et il oublierait tout, il s'endormirait pour toujours à l'abri des vautours et des autres animaux.

Il s'achemina donc à petits pas vers le chaos rocheux qui se dressait à la place de la grotte. À force de chercher, il trouva en effet une ouverture étroite comme une chatière, mais il était tellement recroquevillé par le chagrin qu'il était sûr de pouvoir s'y glisser. Il passa la tête à l'intérieur pour essayer de voir si le passage conduisait bien au fond de la grotte. À ce moment-là il entendit quelque chose qui remuait à l'intérieur. Une pierre roula. Robinson recula. Un corps obstrua la fente et s'en libéra par quelques contorsions. Et voici qu'un enfant se tenait devant Robinson, le bras droit replié sur son front pour se protéger de la lumière ou en prévision d'une gifle. Robinson était abasourdi.

— Qui es-tu? Qu'est-ce que tu fais là? lui demanda-t-il.

— Je suis le mousse du *Whitebird*, répondit l'enfant. Je voulais m'enfuir de ce bateau où j'étais malheureux. Hier pendant que je servais à la table du commandant, vous m'avez regardé avec bonté. Ensuite j'ai entendu que vous ne partiez pas. J'ai décidé de me cacher dans l'île et de rester avec vous.

— Et Vendredi? As-tu vu Vendredi? insista Robinson.

— Justement! Cette nuit, je m'étais glissé sur le pont et j'allais me mettre à l'eau pour essayer de nager jusqu'à la plage, quand j'ai vu un homme aborder en pirogue. C'était votre serviteur métis. Il est monté à bord avec une petite chèvre blanche. Il est entré chez le second qui paraissait l'attendre. J'ai compris qu'il resterait sur le bateau. Alors j'ai nagé jusqu'à la pirogue et je me suis hissé dedans. Et j'ai pagayé jusqu'à la plage.

— C'est pour cela que les deux bateaux sont là ! s'exclama Robinson.

— Je me suis caché dans les rochers, poursuivait le mousse. Maintenant le *Whitebird* est parti sans moi, et je vivrai avec vous !

— Viens avec moi, lui dit Robinson.

Il prit le mousse par la main, et, contournant les blocs, il commença à gravir la pente menant au sommet du piton rocheux qui dominait le chaos. Il s'arrêta à mi-chemin et regarda son nouvel ami. Un pâle sourire éclaira le visage maigre, semé de taches de rousseur. Il ouvrit la main et regarda la main qui y était blottie. Elle était mince, faible, mais labourée par les travaux grossiers du bord.

Du haut du piton rocheux, on voyait toute l'île qui était encore noyée dans la brume. Sur la plage, le canot et la pirogue commençaient à tourner, atteints par les vagues de la marée montante. Très loin au nord sur la mer, on distinguait un point blanc qui fuyait vers l'horizon : le *Whitebird*.

Robinson tendit le bras dans sa direction.

— Regarde-le bien, dit-il. Tu ne verras peut-être jamais plus cela : un navire au large des côtes de Speranza.

Le point s'effaçait peu à peu. Enfin il disparut. C'est alors que le soleil se leva. Une cigale chanta. Une mouette se laissa tomber sur l'eau et s'éleva à grands coups d'ailes, un petit poisson dans le bec. Les fleurs ouvraient leurs calices, les unes après les autres.

Robinson sentait la vie et la joie qui entraient en lui et le regonflaient. Vendredi lui avait enseigné la vie sauvage, puis il était parti. Mais Robinson n'était pas seul. Il avait maintenant ce petit frère dont les cheveux — aussi rouges que les siens — commençaient à flamboyer au soleil. Ils inventeraient de nouveaux jeux, de nouvelles aventures, de nouvelles victoires. Une vie toute neuve allait commencer, aussi belle que l'île qui s'éveillait dans la brume à leurs pieds.

— Comment t'appelles-tu ? demanda Robinson au mousse.

— Je m'appelle Jean Neljapaev. Je suis né en Estonie, ajouta-t-il comme pour excuser ce nom difficile.

— Désormais, lui dit Robinson, tu t'appelleras *Dimanche*. C'est le jour des fêtes, des rires et des jeux. Et pour moi tu seras pour toujours l'enfant du dimanche.

Du tableau

au texte

.

Isabelle Varloteaux

Du tableau au texte

Orchidées, passiflores et oiseau-mouche
de Martin Heade

... un paradis perdu...

« Les fleurs ouvraient leurs calices, les unes après les autres. Robinson sentait la vie et la joie qui entraient en lui et le regonflaient [...] une vie toute neuve allait commencer, aussi belle que l'île qui s'éveillait dans la brume. » Cette appréhension gourmande de l'existence et de la nature, telle que Michel Tournier nous la fait partager dans ces quelques lignes avec son héros, prend une résonance particulière face au petit tableau que peint, en 1880, l'artiste américain Martin Johnson Heade (1819-1904). Fils de paysans, né au nord de Philadelphie, ce peintre est connu pour ses œuvres à caractère réaliste et toujours empreintes d'un profond mysticisme. Après l'Europe qu'il découvre en 1838 et 1848, ce sont les paysages de l'Amérique centrale et de l'Amérique du Sud qui marquent fortement sa production artistique. *Orchidées, passiflores et oiseau-mouche*, initialement réalisé pour illustrer une publication naturaliste, révèle d'harmonieuses correspondances avec l'esprit qui domine les aventures de Robinson.

L'importance avérée du milieu naturel comme trame et sujet du récit de Michel Tournier, tout autant conte philosophique que fable écologique et sociale, sert ici aussi bien les intentions du peintre que de l'écrivain :

sans la nature, l'homme ne peut accéder à son salut. Modèle du rêve civilisateur, Robinson organise très vite son quotidien à partir de paramètres familiers : un système de lois, un ensemble de rituels, la construction d'une habitation, etc. Ce fonctionnement rigoureux lui permet de préserver un sens à sa vie et de se sentir pleinement vivant.

Transformée en un État conforme au modèle occidental moderne, l'île offre néanmoins dans sa nature même matière à la personnifier : les parois de la grotte dans laquelle se glisse Robinson lui paraissent lisses et douces comme de la chair. Apparue tout d'abord comme l'île de la perdition, Speranza devient un bout de terre sauvage qui reflète toutes les caractéristiques d'un paradis perdu : innocence de la nature, fertilité et générosité du sol, docilité de la faune pourtant sauvage. Les vestiges de la civilisation que Robinson portait en lui vont, avec Vendredi, être violemment détruits : les symboles de l'autorité civile et religieuse volent en éclats pour laisser apparaître une autre vision du monde. C'est de cette découverte d'un monde nouveau que nous parle le tableau de Martin Johnson Heade.

... le paysage devient l'expression du sacré...

À l'instar du héros de Michel Tounier, qui a su se détourner totalement des aspects régressifs de la société anglaise dont il était issu, pour parvenir à une révélation d'ordre spirituel, le peintre américain s'approprie la nature pour célébrer le contenu divin de la vie. La peinture est ainsi un moyen d'exprimer la foi dans la beauté originelle du milieu naturel. Désormais, le paysage devient l'expression du sacré et impose d'emblée l'humilité à l'homme.

La fin du XIXᵉ siècle, date à laquelle Martin Johnson Heade peint son tableau, est une période marquée par une profusion d'ouvrages scientifiques qui ne laissent pas les artistes indifférents. Le temps des récits de voyages anecdotiques vers une *Terra incognita* est désormais révolu, et les récits fantastiques comme ceux de Champlain en 1604, qui décrivait un oiseau de paradis sans pattes contraint de voler jusqu'à sa mort, sont laissés aux contes et légendes de la culture populaire.

L'émergence d'une culture tournée vers les sciences s'accompagne ainsi d'une ferveur naturaliste. La peinture américaine, dont l'origine s'est inscrite, dès le XVIIᵉ siècle, dans l'art du portrait, souvent stylisé voire archaïque, voit percer des artistes férus de sciences naturelles. Longtemps récusée par les prédicateurs, l'image autre que le portrait acquiert enfin sa véritable autonomie, et le paysage s'impose peu à peu comme un genre à part entière. La représentation de territoires typiques encore méconnus traduit une volonté de se démarquer véritablement de la production artistique européenne. Parallèlement, les esprits évoluent, comme en témoigne cet intérêt manifesté par l'État pour les territoires nationaux : la création du premier parc national, celui de Yellowstone, date de 1872, tandis qu'une année plus tard, le ministère américain de l'Intérieur achète les « Canyons du Colorado ».

... la nature comme vecteur d'émotions et de sentiments...

Ces changements dénotent une évolution que les artistes avaient anticipée : John James Audubon (1785-1851) fut très connu pour ses aquarelles consacrées aux *Oiseaux d'Amérique,* tandis que Thomas Cole (1801-1848), mentor de l'École de l'Hudson, renouvelait l'art américain par l'introduction dans la peinture de paysages d'une dimension mystique. Dans sa mouvance, les artistes vont utiliser la nature comme moyen de véhiculer les émotions et les sentiments. On parle alors du «Sublime» comme d'un mode de représentation du paysage américain qui vise à associer l'élévation physique à l'élévation spirituelle.

Cette reconnaissance de la primauté du paysage va permettre au «luminisme», mouvement auquel appartient Martin Johnson Heade, de se développer. L'admiration de territoires vierges de toute empreinte humaine donne lieu à deux sentiments : une grande humilité face à la Création, mais aussi un remords et une profonde nostalgie au regard de l'irrémédiable transformation imposée à la nature par la civilisation. Pour introduire ce double affect éprouvé en lieu et place d'un paradis à jamais perdu, Martin Johnson Heade utilise les qualités esthétiques et plastiques de la faune et de la flore exotiques.

… le regard se pose sur une nature inconnue…

Au premier plan de son tableau, comme traité en macrophotographie (une vision très rapprochée des choses), un bouquet charnu d'orchidées vient caresser un tapis végétal particulièrement dense. Plantée au centre de la composition, cette fleur exotique au feuillage épais et aux formes voluptueuses illumine de sa clarté l'ensemble de l'œuvre. Le choix des teintes douces et pastel, qui constituent la palette du peintre pour ces deux fleurs, participe à l'harmonie de cette composition, qui s'appuie par ailleurs sur le savant équilibre des formes longilignes et suavement maternelles. Cette approche délicate et sensuelle de la nature n'est pas sans évoquer l'image d'un

Robinson qui aime l'île comme un enfant aime sa mère
(« il se croyait dans les bras de sa maman ») ou l'homme
sa femme (« il éprouvait la première joie que lui eut donnée Speranza en caressant de la main les jeunes tiges
souples et tendres »).

La lumière qui irradie chaque pétale, d'un rose
proche d'une carnation humaine, valorise les cœurs
rougeoyants des deux fleurs. Chaque pistil, délicate-
ment ourlé d'une fine dentelle blanche, offre un savant
mélange de colorations vives, roses, rouges et jaunes. Ce
choix de couleurs auxquelles s'associent harmonieuse-
ment les touches colorées des deux colibris ponctue
agréablement les tonalités verdoyantes qui composent
l'essentiel de l'œuvre. Ce jeu des formes et des sonori-
tés chromatiques qui se répondent contribue à impres-
sionner le regard. La délicatesse du traitement, le souci
du détail, l'exagération des formes rendent compte de
la beauté absolue de la nature.

Afin d'intensifier l'aspect théâtral de son œuvre, le
peintre joue avec ce premier plan qu'il traite comme un
photographe : l'œil se rapproche du sujet, et le regard
est quasiment invité à entrer de façon frontale dans la
composition.

Par ailleurs, il use d'un procédé esthétique très em-
ployé chez les peintres de l'École de l'Hudson, qui
consiste à traiter un pan de végétation comme un rideau
pour construire l'espace du tableau. Au deuxième plan,
un ensemble d'arbres investis de lianes, tel un voile de
verdure qui occupe la moitié du ciel, nous rappelle la
tenture souvent peinte en arrière-plan des portraits dont
la culture américaine fut si friande.

Ici, l'artiste a pris le parti de composer son tableau
autour d'une diagonale qui épouse de façon presque
idéale la ligne qui part du sommet de l'arbre à droite pour
mourir à la terminaison de la feuille d'orchidée dans la

partie senestre, près de la signature. Cet espace ainsi délimité par cet écran ondoyant de fleurs et de végétaux enchevêtrés s'oppose à la partie plus aérienne du tableau que l'on distingue en arrière-plan. Là, on découvre en regard de ce rideau végétal un ciel menaçant aux tonalités variées, une chaîne de montagnes esquissée, une arborescence peu développée et, symbole de légèreté et de liberté absolue, deux oiseaux-mouches multicolores.

Ce deuxième champ est traité par le peintre d'une façon légèrement floue, voire indécise, ce qui contraste nettement avec la technique fine et précise qu'il a utilisée pour la représentation du plant d'orchidée.

Ainsi, entre l'oiseau et la chaîne de montagnes pourraient se déployer des vallées lointaines, des fleuves, des lacs… Tout ici contribue à solliciter l'imaginaire, car le regard se pose sur une nature inconnue, non encore modelée par l'homme. Il émane un certain mystère de ce paysage, accentué par la tonalité brumeuse et les contrastes des effets atmosphériques. La promesse du meilleur avec la luminosité d'un soleil voilé, comme du pire par la présence menaçante des nuages obscurs, annonciateurs d'un violent orage, renforce l'idée contenue dans l'appel de cette terre inconnue.

… vivre en osmose avec la nature…

Cette nature porte en elle une innocence que Vendredi a faite sienne face à un Robinson plus que jamais tourné vers une mission civilisatrice. Le contraste entre les deux hommes, l'un dans la légèreté, la jouissance immédiate, et l'autre dans l'acquisition industrieuse d'un bien ou d'un plaisir, trouve son écho dans le symbolisme émanant de l'œuvre de Martin Johnson Heade. L'artiste oppose la représentation délicate et aérienne du bouquet lumineux sur lequel est posé élégamment l'oiseau-mouche, au rendu austère de l'âpre paysage montagneux que l'on devine au loin. Le sentiment d'éternité inscrit dans la roche vient répondre à la temporalité suggérée par le plein épanouissement de l'orchidée. Ce petit tableau devient ainsi porteur d'un message qui vise à intensifier le sentiment d'humilité de l'homme face à la nature, au temps qui passe et à la Création dans son ensemble. Cette composition, qui aurait pu se prévaloir du seul réalisme, nous touche alors par ce qu'elle contient de plus profond.

Dans le récit de Michel Tounier, ce n'est qu'après de longues années et avec la destruction de son œuvre matérielle provoquée par Vendredi que Robinson va faire l'expérience de la modestie et admettre que la vie peut être vécue avec un système de valeurs différent de ce qu'il avait connu jusqu'alors. Son renoncement à vouloir tout maîtriser le transforme physiquement — « il se sentait jeune, beau et fort » — et moralement : il joue, tolère la poésie fantaisiste de Vendredi (« un papillon blanc [...] c'est une marguerite qui vole ») et s'accepte sans jugement pour vivre en osmose avec la nature.

Le fait de vivre naturellement, de connaître un bonheur simple aux besoins modérés, renvoie d'emblée à la nostalgie d'un modèle fondé sur l'harmonie entre l'homme et la nature.

... *« Est-ce que tout cela allait prendre fin ? »*...

Cet idéal, décrit par Tournier comme une rédemption pour Robinson, est suggéré par Martin Johnson Heade avec la contemplation d'un espace de vie sauvage inviolé qui nous permet d'en comprendre la dimension sacrée.

La nature est investie ici d'un rôle qui permet à l'homme de devenir meilleur et d'accéder à la part de divin qui lui est propre. Ce changement de regard sur l'existence participe à l'émotion de Robinson à l'arrivée du *Whitebird*; il est «très ému» et exprime la crainte de voir sa nouvelle vie s'arrêter : «Est-ce que tout cela allait prendre fin ? »

Cette légitime inquiétude pourrait fort bien servir de commentaire à l'œuvre *Orchidées, passiflores et oiseau-mouche*, tout autant qu'elle peut nous accompagner aujourd'hui encore face à l'inexorable avancée civilisatrice du monde contemporain.

Le texte

en perspective

Nicolas Veysman

Vie littéraire

Un roman symbolique de jeunesse

VENDREDI OU LA VIE SAUVAGE est un livre simple écrit dans un siècle complexe : c'est un livre de jeunesse, naïf et profond à la fois, écrit dans un monde agité par les débats intellectuels. Du XXᵉ siècle cependant, il garde le goût du mythe, de ces histoires anciennes, souvent répétées, sans cesse réécrites. Après Jean Giraudoux, Jean Anouilh et Jean-Paul Sartre qui revisitent les mythes antiques, Michel Tournier choisit de renouveler le mythe moderne de Robinson Crusoé. En 1967, il écrit d'abord un livre pour adultes, un roman philosophique où le héros exprime ses idées et ses angoisses : *Vendredi ou Les Limbes du Pacifique.* Dix ans plus tard, il écrit la même histoire à l'intention des adolescents : *Vendredi ou La Vie sauvage.* Deux véritables œuvres qui explorent chacune à leur façon les ressources de l'écriture romanesque : successivement un roman philosophique et un roman d'aventures.

1.

Un roman symbolique

1. *En marge de l'agitation théorique*

Depuis le début des années 1950, la façon d'écrire des romans a connu de profonds changements : certains auteurs, comme Raymond Queneau (*Zazie dans le métro*) et Boris Vian (*L'Écume des jours*), écrivent encore des récits traditionnels avec des éléments attendus : une intrigue (un début, une fin, des péripéties qui se suivent et les événements qui s'enchaînent), des personnages réalistes, un lieu et une époque déterminés. Voilà en effet de quoi était constitué un roman, jusqu'à ce que de nouveaux auteurs décident de l'écrire autrement : naît alors le Nouveau Roman.

Ces écrivains — Alain Robbe-Grillet, Nathalie Sarraute, Michel Butor… — refusent de raconter une histoire et de construire les personnages comme on le fait depuis des années. Le roman était jusqu'alors un long chemin, continu et logique, sur lequel se promenait le lecteur pendant sa lecture : ce dernier désormais ne peut plus se plonger dans le caractère artificiellement cohérent des personnages. L'œuvre romanesque était un monde ordonné et transparent où le narrateur donnait au lecteur toutes les informations nécessaires à une bonne compréhension de l'intrigue et des personnages ; il devient un monde désordonné et opaque où désormais personne ne vient vous aider à comprendre les contradictions de la vie. Parce que la vie est comme ça, étrange parfois, incompréhensible souvent, toujours mystérieuse, les Nouveaux Romanciers ont voulu écrire un roman qui lui ressemble.

Michel Tournier n'est pas un de ces Nouveaux Romanciers, mais il va toutefois connaître un très grand succès. Pendant que ses contemporains détruisent un à un les repères narratifs du XIXᵉ siècle, lui va avoir recours aux procédés romanesques les plus classiques : il ne s'intéresse pas tant à la manière d'écrire qu'au contenu et au sens de ce qu'il écrit. Il faut préciser que Michel Tournier est un philosophe avant d'être un romancier : il aime les idées et il met la fiction romanesque au service de ces idées. Il le dit lui-même dans *Le Vent Paraclet* :

> Mon propos n'est pas d'innover dans la forme, mais de faire passer au contraire dans une forme aussi traditionnelle, préservée et rassurante que possible une matière ne possédant aucune de ces qualités.

Il choisit donc une forme rassurante afin que la matière puisse être aussi inquiétante que possible.

2. *La fiction et les idées*

Ainsi, le roman n'est jamais pour Michel Tournier un jeu avec les formes, qu'elles soient anciennes ou nouvelles ; la fiction est le moyen de délivrer un message, de transmettre des idées.

Un roman qui défend des idées s'appelle un roman à thèse, où l'auteur promeut ses opinions et attaque celles de ses ennemis. *Vendredi* accorde certes une très grande place aux idées, mais il ne constitue pas pour autant un roman à thèse, parce que Tournier ne fait pas de son livre une arme : il ne défend pas une idéologie particulière, et n'attaque pas non plus une quelconque théorie politique. Il ne veut pas convaincre mais réfléchir et amener son lecteur à se poser des questions.

Vendredi est donc un livre simple et complexe à la

fois : sa fiction est simple mais les idées sont complexes. Complexes parce que *Vendredi* ne se réduit pas à la seule histoire d'un naufragé sur une île déserte : Vendredi n'est pas qu'un bon sauvage ; l'île est plus qu'une simple bande de terre. Derrière la chronique de Robinson, il faut lire une autre histoire, que l'écrivain nous suggère sans nous la raconter directement : l'histoire de la rencontre entre la civilisation et la nature sauvage.

Qui de l'homme civilisé ou du sauvage est le plus fort ? Quelle vie faut-il préférer ? La vie moderne qui est la nôtre, avec tout le confort que nous procure le progrès scientifique et technologique, ou bien une vie en harmonie avec le rythme et la richesse de la nature ? Que devient l'homme civilisé lorsqu'il est privé de ses outils modernes ? Que devient le sauvage lorsqu'il est confronté au pouvoir de l'homme civilisé ? Derrière une histoire simple, Michel Tournier se pose et nous pose toutes ces questions, qui engagent l'humanité entière.

2.

La simplicité comme principe d'écriture

La simplicité du roman répond à deux exigences auxquelles se conforme Michel Tournier : la simplicité du mythe et celle du livre de jeunesse.

1. *La simplicité mythique*

Les idées ont une grande importance dans *Vendredi* comme dans tous les romans de Tournier, parce que celui-ci fait appel à des mythes. Dans *Vendredi* en l'occurrence, il fait référence au mythe de Robinson Crusoé.

Issus du mot grec *muthos* signifiant « histoire », « récit », les mythes furent d'abord des récits fabuleux transmis de bouche à oreille par les conteurs ; ils ne sont pas l'œuvre d'un auteur seul, mais l'invention très ancienne de tout un peuple s'interrogeant sur ses origines. Ils ont donc pour fonction de donner à ce peuple les références qui seront les siennes.

Sous la forme d'un récit centré autour d'un héros, les mythes racontent des événements qui concernent tous les hommes : le mythe d'Œdipe, par exemple, raconte le désir ressenti par tout enfant d'aimer sa mère et de prendre la place de son père. Plus précisément encore, les mythes mettent en scène des situations conflictuelles qui, par leur extrême simplicité et leur intensité dramatique, sont devenues des symboles de toutes les situations dramatiques humaines.

Les mythes sont ainsi des modèles que la littérature va reprendre en les transformant, et chaque époque va ainsi adapter le récit originel à sa sensibilité propre. Les écrivains ne s'inspirent pas seulement des mythes anciens ; ils en inventent parfois de nouveaux. Qu'ils soient vieux ou récents, les mythes connaissent différentes versions : c'est le cas pour Robinson Crusoé, fable moderne inventée par Daniel Defoe en 1719 et reprise ensuite par de nombreux écrivains. En 1967, Michel Tournier se propose à son tour de réécrire le mythe de Robinson, c'est-à-dire de lui donner des significations nouvelles que n'avaient pas les versions précédentes.

2. *La simplicité pédagogique*

Le mythe peut avoir plusieurs fonctions, mais Michel Tournier met l'accent sur son rôle éducatif : la simplicité doit d'abord permettre de nous identifier au héros et à son aventure ; elle doit aussi nous apprendre quelque chose sur le monde et sur nous-mêmes tout en nous amusant.

C'est tout naturellement dans un livre de jeunesse que prend place la réécriture du mythe de Robinson Crusoé. Michel Tournier prend le pari de nous éduquer sans nous ennuyer, d'agiter de graves et difficiles questions, de dévoiler des sens cachés sans nous déplaire. Ce souci de s'adresser directement aux adolescents est si fort que l'auteur a réécrit un premier livre intitulé *Vendredi ou Les Limbes du Pacifique* destiné au seul public adulte.

Vendredi ou La Vie sauvage est par conséquent le résultat d'une double réécriture : celle d'un mythe déjà ancien en mythe moderne et celle d'un roman philosophique destiné à un public d'adultes en livre de jeunesse.

3.

Des *Limbes du Pacifique* à la *Vie sauvage*

1. *La littérature en commun*

Si *Vendredi ou Les Limbes du Pacifique* est écrit avant *Vendredi ou La Vie sauvage*, cela ne signifie pas que le second est une version réduite et simplifiée du premier, ni que le livre pour adultes est supérieur au livre s'adressant aux jeunes lecteurs. C'est même l'inverse, puisque Michel Tournier affirme qu'« une œuvre ne peut aller à un jeune public que si elle est parfaite ». Il ajoute : « Toute défaillance la ravale au niveau des seuls adultes. L'écrivain qui prend la plume en visant aussi haut obéit donc à une ambition sans mesure. » Les livres pour adolescents appartiennent à la littérature, au même titre que ceux pour adultes, et c'est ainsi, à égalité de valeur, qu'il faut considérer ces deux romans qui mettent en scène Robinson et Vendredi.

2. *Un roman philosophique et un roman d'aventures*

« À la fin de l'après-midi du 29 septembre 1759, le ciel noircit tout à coup dans la région de l'archipel Juan Fernandez, à six cents kilomètres environ au large des côtes du Chili. » Les premiers mots de *Vendredi ou La Vie sauvage* donnent le ton : aux jeunes lecteurs, Michel Tournier écrit un roman d'aventures où l'action l'emportera sur toute autre préoccupation. Dès les premières lignes, il s'adresse à l'imagination de son public, invité à partir en voyage sur *La Virginie* dans les mers du Sud.

Dans *Vendredi ou Les Limbes du Pacifique*, il s'y prenait tout autrement : le début de l'histoire est retardé par un préambule où l'auteur raconte quelles furent les prophéties du capitaine van Deyssel et comment *La Virginie* fit naufrage.

En vérité, c'est toute l'organisation du livre qui est modifiée, puisque, outre l'absence de préambule, la *Vie sauvage* ne comporte pas de chapitres : Michel Tournier adapte son livre au rythme de ses plus jeunes lecteurs, par le biais d'une succession de brèves séquences narratives.

Cette vivacité nouvelle est aussi présente dans la construction de phrases plus courtes que ne l'étaient celles des *Limbes du Pacifique*; les longues descriptions se condensent en de rares traits suggestifs. À terme, le roman se dépouille des ornements littéraires pour tendre vers le pur récit, et devenir un roman d'aventures.

Cette simplicité romanesque de la *Vie sauvage* ne ressemble toutefois pas à celle d'un conte, forme littéraire présentant de nombreux éléments imprécis : ici le lieu est distinctement localisé, l'époque déterminée, le héros caractérisé... Pas de merveilleux, pas d'objet magique ni d'événement invraisemblable dans un univers réaliste.

3. *Un retour vers les origines de l'homme*

Outre ce travail d'épure, on remarquera deux éléments spécifiques à la *Vie sauvage* : le journal de Robinson présent dans les *Limbes du Pacifique* disparaît, tandis que la chèvre Anda dont s'amourache Vendredi, absente du livre pour adultes, apparaît dans le livre pour enfants. Ces deux écarts ont un lien avec le public auquel s'adresse Michel Tournier. La disparition du journal change radicalement la façon de raconter l'histoire, puisque, dans la *Vie sauvage*, le naufragé n'exprime pas directement le contenu de ses inquiétudes ni celui de ses méditations. Les pauses méditatives et lyriques n'ont plus lieu d'exister puisque leur support fictif a disparu. Une plus large place est ainsi accordée au monde extérieur, avec une abondance de détails précis et de situations concrètes. Moins intérieur, moins abstrait, moins intellectuel aussi, l'univers devient plus naïf, un lieu où les leçons se tirent des choses elles-mêmes. Dans cet univers simple où règne l'évidence du sensible, Robinson ne peut rester longtemps le maître : ce monde enfantin, d'où ont disparu le poids des sentiments et celui des réflexions, est celui que connaît Vendredi. Robinson, lui, ne le connaît pas : il cherche en vain à le domestiquer, c'est-à-dire à le dominer. Il fait du sauvage son esclave, mais l'explosion de la poudre signe l'impossible maîtrise des forces naturelles : Robinson accepte dès lors sa faiblesse ; il admet d'entreprendre un parcours initiatique qui le mène à la révélation d'une harmonie qu'il ignorait : l'harmonie entre l'homme et le monde. Cela vaut pour Vendredi et Robinson ; cela vaut aussi pour l'enfant et l'homme : l'enfant, apparemment soumis et inculte, devient l'initiateur d'un homme dépouillé de sa force dominatrice. La violence cède la place à l'amour. C'est ainsi qu'apparaît la chèvre Anda, avec laquelle Vendredi entretient une authentique relation amoureuse. La *Vie sauvage* procède donc à un retour à l'enfance, à la sensation immédiate et à l'amour, un retour à la vérité des origines où le naufragé découvre enfin la paix. Ce roman est une remontée de l'homme déchu vers les beautés perdues d'un âge d'or auquel il n'accède que grâce à l'aide du « bon sauvage » qu'est Vendredi.

L'écrivain
à sa table de travail

La réécriture du mythe de
Robinson Crusoé

ROBINSON ET VENDREDI sont bien plus à nos yeux
que deux personnages de roman. Ils incarnent deux
façons très différentes de vivre et de percevoir le
monde, deux vies que tout oppose : d'une part, la domination intellectuelle d'un monde analysé et répertorié,
mis au service de l'homme civilisé qui en use selon son
bon plaisir ; d'autre part, l'harmonie sensuelle avec un
monde naturel où l'homme a sa place parmi tous les
êtres qui l'animent. La *Vie sauvage* met donc en présence deux tendances fondamentales de l'homme : sa
volonté de puissance et sa conscience d'appartenir à la
nature. Ces deux attitudes élémentaires font de l'histoire de Robinson un mythe. Daniel Defoe (1660-1731)
en est le créateur, lorsqu'il s'inspire d'une aventure
réelle advenue à un certain Selkirk pour écrire son chef-
d'œuvre, *Robinson Crusoé*. Le livre connaît un succès
immédiat et nombreux sont les écrivains qui réécriront
l'histoire du malheureux naufragé.

1.

Les modèles

1. *Le témoignage de Selkirk*

L'histoire originelle ne parle pas de naufrage mais d'une décision prise par un marin écossais, Alexander Selkirk (son nom véritable était Selcraig) qui, faute de pouvoir s'entendre avec le lieutenant Thomas Stradling commandant le navire sur lequel il sert, décide de se faire déposer sur une île déserte, l'archipel Juan Fernandez au large du Chili, avec un coffre, un fusil, quelques munitions et une Bible. Il y passe quatre années et quatre mois, de 1704 à 1709, avant d'être recueilli, le 31 janvier, par un navire anglais. À son retour en Angleterre, le 14 octobre 1711, il fait sensation et raconte à ceux qui veulent l'entendre le récit de son aventure. Sir Richard Steele en témoigne : « Il était curieux de l'entendre car c'est un homme de bon sens qui sait donner un récit des différentes révolutions de son esprit dans la longue solitude. »

2. *L'élaboration du mythe par Daniel Defoe*

L'anecdote, si sensationnelle soit-elle, n'accède au statut de mythe que sous la plume de l'écrivain Daniel Defoe ; il se saisit du fait divers pour écrire un livre, qui lui assurera succès et postérité. On ne sait pas si Defoe a rencontré sa source d'inspiration, mais on peut mesurer l'écart qui sépare l'histoire réelle de la fiction romanesque à travers toutes les différences introduites par l'auteur : un lieu plus connu et riche en légendes — une île des Caraïbes — prend la place de l'obscur archipel de Selkirk ; la durée est considérablement allongée, puisque Robinson séjourne pendant vingt-huit ans dans son île ; le débarquement volontaire, surtout, est remplacé par un terrible naufrage dont Robinson est le seul rescapé. Enfin, intervention ultime et majeure du romancier : l'invention d'un personnage nouveau, Vendredi, même si l'on mentionne le séjour d'un authentique Indien Mosquito sur l'archipel de 1680 à 1683.

3. *Les renouvellements du mythe*

Daniel Defoe est l'auteur d'un livre mais plus encore le créateur d'un genre littéraire nouveau, la « robinsonnade », qui sera décliné par un très grand nombre des imitateurs qui écriront après lui les aventures de Robinson. Le *Robinson des demoiselles*, le *Robinson des glaces*, le *Robinson suisse* s'inscrivent explicitement dans l'héritage de 1719, tandis que d'autres récits, comme *Suzanne et le Pacifique* de Jean Giraudoux (1882-1944) ou *Sa Majesté des Mouches* de William Golding (1911-1993), sont plus discrets sur cette filiation. Les reprises sont si nombreuses que Robinson incarne bientôt un « type » littéraire : on parlera alors d'un Robinson comme on parle d'un César ou d'un Socrate, et c'est Flaubert qui fait en 1857 la première antonomase, c'est-à-dire l'usage du nom propre comme nom commun.

Tous les imitateurs de Defoe ne donnent toutefois pas le même sens à leurs robinsonnades. En effet, chacun va modifier l'histoire originelle pour l'adapter à ses préoccupations personnelles. Écrite au XVIIIe siècle, à une époque où les écrivains réfléchissent longuement à l'opposition entre la nature et la culture, l'aventure de Robinson est constamment reprise au XIXe qui y projette ses rêves et ses cauchemars. En 1813, Johann-David Wyss compose un *Robinson suisse* qui connaît un gros succès : un couple et ses quatre fils échouent sur une île qui se révèle si hospitalière qu'ils refusent à la fin de la quitter. Dans *L'Île mystérieuse* (1874) de Jules Verne (1828-1905), la robinsonnade devient un hymne à la science et à ses progrès : cinq naufragés arrivent par les airs sur un îlot aride, dépourvu de la végétation luxuriante de Speranza. Le progrès scientifique modifie les données du roman : un ballon dirigeable a remplacé le navire. Nulle embarcation donc sur laquelle ils pourraient se procurer du matériel, comme le fait Robinson dans la *Vie sauvage*, mais cela ne les empêche pas de rivaliser d'inventivité : ils répètent les différentes étapes des progrès humains, de l'apprivoisement du feu jusqu'à la fabrication d'engrais chimique pour optimiser les rendements agricoles de l'île. L'habileté des insulaires est telle qu'ils parviennent même à produire de l'électricité ! On est bien loin des travaux rudimentaires du héros du XVIIIe siècle. Le progrès technologique et scientifique aurait pu acculer les naufragés à l'impuissance ; Jules Verne les dote d'une ingéniosité toute contraire, fidèle en cela à la foi qu'il a dans le génie scientifique de son époque. Il leur manque pourtant les faiblesses de Robinson, les doutes et les angoisses qui font toute l'humanité du naufragé.

Chaque réécriture est un défi lancé au récit fondateur de la tradition. Il ne s'agit pas d'innover radicalement ; toutes les robinsonnades se ressemblent en raison du même schéma narratif qui les sous-tend : au départ (situation initiale) succède le naufrage (perturbation) qui condamne le héros à lutter pour survivre (action) jusqu'à la délivrance (résolution) et au retour dans sa famille et sa patrie (situation finale). Pourtant la même histoire va défendre différents idéaux. Daniel Defoe illustre le génie isolationniste de l'Angleterre : le bonheur réside dans la solitude ; Jules Verne célèbre la créativité scientifique de l'esprit humain : le bonheur repose sur le progrès des sciences et des techniques.

Le XXe siècle n'oublie pas Robinson, mais il s'en souvient comme s'en souvenait le XIXe siècle, à travers le prisme des préoccupations contemporaines. Le philosophe Karl Marx (1818-1883), premier à employer le mot « robinsonnade » (dans son livre *Le Capital*), perçoit Robinson comme un capitaliste qui reproduit dans son île vierge les modes de fonctionnement et l'exploitation du travail à l'œuvre en Europe : Robinson serait le fruit de l'Angleterre capitaliste triomphante. La littérature est moins grave et les écrivains du début du siècle s'enivrent de parodies de mythes antiques et modernes. Giraudoux est de ceux-là quand il écrit *Suzanne et le Pacifique* en 1921 : une jeune femme naufragée s'adonne aux plaisirs d'une vie paresseuse et langoureuse au sein d'une nature accueillante et généreuse. Le bonheur réside dans la jouissance terrestre.

2.

Le Robinson de Michel Tournier

1. *L'homme de la civilisation*

La tempête qui menace *La Virginie* n'inquiète pas Robinson qui joue tranquillement aux cartes avec le capitaine, mais l'auteur nous trompe dès les premières lignes de son livre :

> Heureusement, *La Virginie* sur laquelle voyageait Robinson n'avait rien à craindre, même de la plus forte tempête.

Cela est faux, même si l'on invoque de bonnes raisons d'être confiant : le bateau est «d'une stabilité extraordinaire» et la carte n'indique pas de récifs. On a tort, en effet, de se fier à ces deux inventions humaines : un bateau est toujours fragile face au déchaînement des forces naturelles, et une carte peut être fausse. Le naufrage qui va suivre signe donc la défaite de l'homme civilisé face aux éléments qu'il croyait connaître et dominer.

Une fois dans l'île, Robinson continue longtemps à se comporter de la sorte. À la façon du héros de Defoe qui tire le premier coup de feu dans l'île déserte où il a fait naufrage, celui de Tournier tue un bouc, pourtant calme et qui l'observe avec curiosité. Après une tentative malheureuse de reconstruire ce que la nature a détruit (épisode de *L'Évasion*), il se tourne vers l'île, dont il fait son territoire.

Au cours de cette prise de possession du lieu, Robinson revient sur les pas de l'humanité en répétant, les unes après les autres, les différentes étapes du progrès humain : il concentre en quelques années l'histoire de l'évolution humaine en développant l'agriculture, l'élevage, l'architecture — domestique puis militaire — et en construisant des machines complexes comme une clepsydre pour mesurer le temps. Speranza cesse bientôt d'être une île sauvage pour devenir une île civilisée, exploitée, administrée et commandée par le seul homme qu'elle contienne : Robinson. Seul et au prix de fantastiques efforts, il est donc parvenu à recréer les fondements de la civilisation — une agriculture, une économie, une justice, une administration et un gouvernement — mais l'île sauvage n'est pas véritablement devenue une terre civilisée. Robinson n'a fait que déplacer sur une terre étrangère les structures de la vie européenne :

> Ainsi Robinson en créant un troupeau domestique et un champ cultivé avait commencé à civiliser son île, mais ce n'était encore qu'une œuvre fragile et limitée, et il avait souvent la révélation que l'île restait une terre sauvage et hostile.

Ce faible enracinement des progrès dans l'île de Robinson sera rendu évident par un événement déterminant : l'explosion de la poudre dans la grotte va ruiner en un instant tous les efforts fournis par le naufragé pour reconstituer dans l'île le cadre familier de sa vie ancienne.

2. *Robinson : un fragile maître des lieux*

Robinson s'efforce d'abord de se rendre maître de l'île et de tout ce qui s'y trouve. Il va faire la démonstration de sa force, alors qu'il nous apparaît comme un être de plus en plus faible.

C'est d'abord un être solitaire sur lequel plane sans cesse le risque de sombrer dans des vices comme la paresse, le découragement, le désespoir et l'avarice. Les remèdes sont parfois bien peu efficaces (« Contre cette mauvaise pente, il ne connaissait comme remèdes que le travail, la discipline et l'exploitation de toutes les ressources de l'île. »), si peu efficaces que Robinson s'abandonne à plusieurs reprises aux dangereux plaisirs de la souille où il se comporte comme les animaux, et à ceux infantiles de la grotte où il retombe en enfance. Dans ces moments, il cesse d'être un homme, pour devenir un animal ou un enfant, et fuit la réalité pour se réfugier dans un monde d'hallucinations et de rêves.

En dépit de cette faiblesse continuelle, Robinson est le maître des lieux et la poudre est la source de sa puissance :

> Depuis longtemps, il n'avait plus besoin de fusil mais il était content d'avoir toute cette poudre à sa disposition : ça le rassurait et ça lui donnait le sentiment de sa supériorité.

La construction d'une rizière, qui suppose la difficile régulation de l'eau, incarne le paroxysme de cette force et de cette faiblesse qui caractérisent Robinson :

> Aussi lorsque sa rizière fut terminée et son riz semé et recouvert par une nappe d'eau, Robinson se demanda une fois de plus pourquoi il s'imposait tous ces efforts. S'il n'avait pas été seul, s'il avait eu seulement une femme et des enfants, ou même un seul compagnon, il aurait su pourquoi il travaillait. Mais la solitude rendait toute sa peine inutile.

3. *Vendredi : un serviteur modèle...*

Le vœu de Robinson est bientôt exaucé par l'arrivée de Vendredi, qui bouleverse sa vie. Si le sauvage est d'abord un simple compagnon, un serviteur que se donne le maître de l'île, il devient vite le personnage principal du roman, à la place de Robinson. Avant que les rôles s'inversent, Vendredi est donc un serviteur soumis à l'autorité de l'homme civilisé. Ne doit-il pas la vie à celui qui l'a retiré des griffes de ceux qui voulaient l'offrir en sacrifice ? Le premier souci de Robinson est de tout de suite vêtir le sauvage, nullement gêné par sa nudité : premier signe de la conversion de l'Indien à la vie civilisée, avant que Robinson s'applique à lui donner un nom puis à lui apprendre les rudiments de la langue anglaise pour en faire un « serviteur modèle ». Tout ce qu'il apprend l'installe dans la dépendance de son maître, donnant ainsi un sens à ce qui n'en avait pas quand Robinson était seul :

> Robinson, lui, était content parce qu'il avait enfin
> quelqu'un à faire travailler, et à qui il pouvait tout
> enseigner de la civilisation.

Par-delà l'histoire qu'il nous raconte, Michel Tournier nous invite à nous interroger sur ce qu'est la civilisation, et sur le besoin qu'a l'homme civilisé d'exercer son pouvoir sur un autre être humain considéré comme inférieur et dont il fait son serviteur. Écrite en 1967, la première version de *Vendredi* garde le souvenir des luttes menées par plusieurs pays pour conquérir leur indépendance. La guerre d'Algérie (1954-1962) divise alors encore profondément la France, opposant les partisans de la colonisation des territoires conquis et ceux qui acceptent l'autonomie et la souveraineté nationales des Algériens. Michel Tournier applique donc à l'histoire contemporaine immédiate un mythe vieux de presque deux cent cinquante ans pour s'interroger sur le droit d'un pays à coloniser un autre pays : est-ce un bien d'imposer à une population étrangère des règles de vie qui ne sont pas les siennes ? Quel est véritablement le but poursuivi par le maître civilisateur ? Veut-il vraiment le bien de ceux qui lui sont soumis ou se sert-il de la civilisation pour réduire toute une population à l'esclavage ? La civilisation est-elle un but ou n'est-elle qu'un prétexte pour exploiter les ressources d'un pays et la force de travail des populations opprimées ?

4. ... et un maître inattendu

La relation de maître à serviteur qui unit Robinson à Vendredi va progressivement s'inverser, comme le suggère le titre des deux ouvrages choisi par Michel Tournier : Robinson, protagoniste mythique, s'efface derrière la promotion de Vendredi comme héros éponyme. Il est important de rappeler que, chez Defoe, Vendredi ne jouissait d'aucune dignité : c'était un animal qui n'accédait au statut d'homme que grâce au secours de l'homme civilisé. Il avait donc tout à apprendre de celui qui savait tout et qui exerçait à ce titre un pouvoir absolu, mais n'accédait jamais à la supériorité de l'Anglais qui, après la survenue de Vendredi, continuait à rêver d'une compagnie meilleure en accord avec son propre degré de civilisation : Vendredi ne serait jamais un autre Robinson, en dépit des efforts de l'élève et du maître. Chez Tournier, Vendredi devient un initiateur, grâce auquel Robinson va découvrir les richesses insoupçonnées et les charmes subtils de la vie sauvage.

Michel Tournier introduit progressivement cette lente inversion des rôles. D'abord Vendredi prend des initiatives en résolvant des problèmes demeurés insolubles pour Robinson : l'homme sauvage parvient à faire valoir son génie propre en marge de la fière suffisance de l'homme civilisé. La comparaison est parfois cruelle entre l'échec de Robinson et le succès de Vendredi : après la découverte de *L'Évasion* réduite en poudre, Vendredi fabrique habilement une pirogue. Ensuite Vendredi fait part à Robinson de ses doutes sur l'intérêt de civiliser l'île sauvage et lui-même continue à vivre comme il l'a toujours fait ; sa conversion n'est donc que superficielle :

> [Quand] Robinson n'était pas là, toutes ces obligations d'homme blanc disparaissaient et Vendredi n'obéissait plus qu'à son cœur d'Indien.

Vendredi échappe dès qu'il le peut à l'ennui de la vie civilisée et Robinson cède peu à peu lui-même aux charmes de la vie naturelle :

> Robinson était stupéfait et jaloux de voir comme Vendredi avait l'air de s'amuser sans lui ! À quoi donc servaient tous les travaux et toutes les obligations qu'il s'imposait chaque jour ?

Face à cette liberté de plus en plus grande prise par Vendredi, Robinson est réduit à faire semblant que rien n'a changé, qu'il est toujours le maître et que Vendredi est toujours le serviteur, mais un événement va bientôt rompre l'illusion entretenue par les deux hommes. L'explosion de la poudrière va réduire à néant tous les efforts de Robinson pour domestiquer son île et pour réduire Vendredi à la servitude. Rappelons-nous que c'est la poudre qui inspire à cet homme un sentiment de puissance : la poudre disparue, il cesse d'être le maître pour devenir l'égal de Vendredi, son compagnon. L'explosion dissipe donc le mensonge de la civilisation, et révèle la vérité :

> La vérité, c'est qu'il en avait assez depuis longtemps de cette organisation ennuyeuse et tracassière, mais qu'il n'avait pas le courage de la détruire. Maintenant ils étaient libres tous les deux.

5. *Initiation à la vie sauvage*

Le principal changement introduit par l'explosion est l'inversion des rôles :

> Robinson se demandait avec curiosité ce qui allait se passer, et il comprenait que ce serait désormais Vendredi qui mènerait le jeu.

C'est au tour de Vendredi d'initier Robinson à la vie qui est la sienne, à la vie sauvage. Cette existence nouvelle, en rupture complète avec les règles qu'il s'était jadis imposées, est le moment d'une profonde transformation de notre héros : il se rase et laisse pousser ses cheveux, se dénude, apprend à fabriquer arcs et flèches… Suivant les traces de Vendredi, il commence à vivre en harmonie dans le milieu qui l'entoure et découvre les plaisirs du jeu : il parvient aussi à ne plus se prendre au sérieux grâce au mannequin confectionné par son ami, puis grâce au jeu de l'inversion des identités ; il découvre ensuite la dimension poétique du langage quand il accepte de rapprocher « les choses les plus éloignées les unes des autres — comme la lune et un galet, les larmes et la pluie ». Le langage ne lui sert plus à classer les choses ou à donner des ordres ; il s'amuse maintenant à construire des comparaisons, des métaphores conformément aux règles qui régissent le *Portrait araucan en cinq touches.*

La fin de *Vendredi ou La Vie sauvage* va confirmer la suprématie de Vendredi : en écho au bouc assommé par Robinson au début du livre, Vendredi, dans les dernières pages, affronte Andoar. Les deux combats ne se ressemblent pas du tout : Robinson se méprend sur la curiosité de l'animal qu'il interprète comme de l'hostilité ; Vendredi connaît très bien les pensées d'Andoar et engage avec lui un véritable duel où il met sa vie en péril. Sa victoire est une prouesse, qui démontre certes le courage du vainqueur, mais qui est surtout le moyen pour Andoar d'accéder à une existence nouvelle : vivant sur terre, il est métamorphosé en animal aérien grâce à l'Indien. Ce dernier détient donc le secret de jouer avec les éléments de la nature, même si l'air est celui qui exerce sur lui la plus grande séduction. En témoignent les flèches qu'il envoie au ciel, la harpe éolienne qu'il fabrique et la décision qu'il prend de partir sur le voilier qui accoste sur l'île sauvage. Robinson restera donc seul, une fois finie son initiation à la vie sauvage par Vendredi.

Groupement de textes thématique

La rencontre de l'homme civilisé avec l'homme sauvage

LA PREMIÈRE MISE en présence de l'homme civilisé avec le sauvage est un moment clé des robinsonnades écrites sur le modèle du livre de Daniel Defoe. C'est tout naturellement cette rencontre que nous allons évoquer, celle du craintif mais violent Robinson avec le timide Vendredi : des premiers signes de présence humaine jusqu'à sa confrontation avec le sauvage, il incarne une attitude faite de peur et de méfiance d'une part, de volonté de domination d'autre part. Il craint l'hostilité des indigènes, les fuit mais entreprend aussi de les tuer ou de les asservir.

Toutes les robinsonnades ultérieures gardent le souvenir du livre fondateur qui a mis en présence l'homme civilisé et l'homme sauvage, mais elles ne donnent pas forcément le même sens à cette rencontre. Michel Tournier respecte pour un temps l'avantage accordé à l'Européen, mais Vendredi s'empare bien vite du pouvoir de guider son ami.

Après *Vendredi ou La Vie sauvage*, d'autres auteurs de livres de jeunesse se souviennent de cet épisode et ils le font de façons très différentes : Karen Hesse raconte sous la forme d'un journal les tribulations de Nicholas Young, un enfant âgé de onze ans qui, comme le Robinson de Defoe, a fui sa famille en s'embarquant clandestinement pour un long voyage ; le capitaine Cook commande le navire parti à la découverte de terres inconnues... Le premier contact avec les hommes sauvages, les « naturels », est d'abord timide, puis confiant et chaleureux, avant qu'un Européen ne commette le premier meurtre. La cohabitation est décidément bien difficile.

Dans le roman de Michael Morpurgo, la rencontre n'est pas plus paisible mais c'est un enfant seul, parti à la recherche de ses parents après une terrible tempête, qui est victime de la violence d'un vieil inconnu. L'auteur inverse totalement les données choisies par Daniel Defoe et reprises par Michel Tournier : la personne civilisée est désormais un enfant démuni qui a tout à attendre de l'homme d'expérience qu'est l'étranger.

Daniel DEFOE (1660-1731)

Robinson Crusoé (1719)

(trad. Pétrus Borel, Folio classique n° 3510)

Après avoir découvert une empreinte de pas d'homme, Robinson craint d'être attaqué par des inconnus alors qu'il se plaignait hier d'être privé de toute compagnie humaine. La découverte de sauvages cannibales le remplit d'horreur.

J'avais été plus de dix-huit ans sans rencontrer le moindre vestige d'une créature humaine. Retiré comme je l'étais alors, je pouvais bien encore en passer dix-huit autres, si je ne me trahissais moi-même, ce que je n'avais aucune raison de faire. Ma seule affaire était donc de me tenir toujours parfaitement caché où j'étais, à moins que je ne vinsse à trouver des hommes meilleurs que l'espèce cannibale, des hommes auxquels je pourrais me faire connaître.

Toutefois je conçus une telle horreur de ces exécrables sauvages et de leur atroce coutume de se manger les uns les autres, de s'entre-dévorer, que je restai sombre et pensif, et me séquestrai dans mon propre district durant au moins deux ans. Quand je dis mon propre district, j'entends par cela mes trois plantations : mon château, ma maison de campagne, que j'appelais ma tonnelle, et mes parcs dans les bois, où je n'allais absolument que pour mes chèvres ; car l'aversion que la nature me donnait pour ces abominables sauvages était telle que je redoutais leur vue autant que celle du diable. Je ne visitai pas une seule fois ma pirogue pendant tout ce temps, mais je commençai de songer à m'en faire une autre ; car je n'aurais pas voulu tenter de naviguer autour de l'île pour ramener cette embarcation dans mes parages, de peur d'être rencontré en mer par quelques sauvages : je savais trop bien quel aurait été mon sort si j'eusse eu le malheur de tomber entre leur main.

[*Il s'érige bientôt en juge et bourreau des cannibales avant de s'interroger sur le droit qu'il a de les condamner.*]

Alors je me figurais même que si je m'emparais de deux ou trois sauvages, j'étais capable de les gouverner de façon à m'en faire des esclaves, à me les assujettir complètement et à leur ôter à jamais tout moyen de me nuire.

[*Un an et demi plus tard, se présente enfin l'occasion d'exaucer son vœu.*]

Tandis que je regardais ainsi, j'aperçus par ma longue-vue deux misérables qu'on tirait des pirogues, où sans doute ils avaient été mis en réserve, et qu'alors on faisait sortir pour être massacrés. J'en vis aussitôt tomber un assommé, je pense, avec un casse-tête ou un sabre de bois, selon l'usage de ces nations. Deux ou trois de ces meurtriers se mirent incontinent à l'œuvre et le dépecèrent pour leur cuisine, pendant que l'autre victime demeurait là en attendant qu'ils fussent prêts pour elle. En ce moment même la nature inspira à ce pauvre malheureux, qui se voyait un peu de liberté, quelque espoir de sauver sa vie ; il s'élança, et se prit à courir avec une incroyable vitesse, le long des sables, droit vers moi, j'entends vers la partie de la côte où était mon habitation.

[*Robinson observe le fuyard.*]

Mon esprit conçut alors avec feu, et irrésistiblement, que l'heure était venue de m'acquérir un serviteur, peut-être un camarade ou un ami, et que j'étais manifestement appelé par la Providence à sauver la vie de cette pauvre créature. Aussitôt je descendis en toute hâte par mes échelles, je pris les deux fusils que j'y avais laissés au pied, comme je l'ai dit tantôt, et, remontant avec la même précipitation, je m'avançai vers la mer. Ayant coupé au plus court et par un chemin tout en pente, je pus me précipiter entre les poursuivants et le poursuivi, et j'appelai le fuyard. Il se retourna et fut peut-être d'abord tout aussi effrayé de moi que d'eux ; mais je lui fis signe de la main de revenir, et en même temps je m'avançai lentement vers les deux qui accouraient. Tout à coup je me précipitai sur le premier, et je l'assommai avec la crosse de mon fusil. Je ne me souciais pas de faire feu, de peur que la détonation ne fût entendue des autres [...]. Ayant donc assommé celui-ci, l'autre qui le suivait s'arrêta comme s'il eût été effrayé. J'allai à grands pas vers lui ; mais quand je m'en fus approché, je le vis armé d'un arc, et prêt à décocher une flèche contre moi. Placé ainsi dans la nécessité de tirer le premier, je le fis et le tuai du coup.
Le pauvre sauvage échappé avait fait halte ; mais, bien qu'il vît ses deux ennemis mordre la poussière, il était pourtant si épouvanté du feu et du bruit de mon arme, qu'il demeura pétrifié, n'osant aller ni en avant ni en arrière. Il me parut cependant plutôt disposé à s'enfuir encore qu'à s'approcher. Je l'appelai de nouveau et lui fis signe de venir, ce qu'il comprit facilement. Il fit alors quelques pas et s'arrêta, puis s'avança un peu plus et s'arrêta encore ; et je m'aperçus qu'il tremblait comme s'il eût été fait prisonnier et sur le point d'être tué comme ses deux ennemis. Je lui fis signe encore

de venir à moi, et je lui donnai toutes les marques d'encouragement que je pus imaginer. De plus près en plus près il se risqua, s'agenouillant à chaque dix ou douze pas pour me témoigner sa reconnaissance de lui avoir sauvé la vie. Je lui souriais, je le regardais aimablement et l'invitais toujours à s'avancer. Enfin il s'approcha de moi ; puis, s'agenouillant encore, baisa la terre, mit sa tête sur la terre, prit mon pied et mit mon pied sur sa tête : ce fut, il me semble, un serment juré d'être à jamais mon esclave.

Karen HESSE (née en 1952)

Vers des terres inconnues (2000)

(trad. Diane Ménard, Folio junior n° 1239)

DIMANCHE 15 [janvier 1769] (*Terre de Feu*)
M. Banks et le docteur Solander sont retournés sur le rivage aujourd'hui, en compagnie du capitaine Cook, qui cherchait de l'eau douce pour remplir nos réserves. Ils n'ont rapporté ni plantes, ni eau, mais trois naturels ! Ils sont tous trois de couleur de fer rouillé, avec de longs cheveux bruns, épais et hirsutes. Ils étaient très grands. Mais ce n'étaient pas des monstres. Leurs corps portaient des rayures de peinture rouge et noire ; ils étaient vêtus de peaux d'animaux laineuses. On a offert du pain et du bœuf aux naturels, qu'ils ont accepté avec un plaisir évident, bien que nous n'ayons rien compris à leur langue. Ils n'ont pas apprécié le goût du vin et n'ont pas voulu en boire. Ils sont restés à bord moins d'un demi-quart. M. Banks les a raccompagnés jusqu'au rivage.

LUNDI 16 (*Terre de Feu*)
Le capitaine a trouvé un bon endroit pour envoyer l'équipage chercher de l'eau douce et du bois. Il a emmené Isaac Smith à terre avec lui, ainsi que maître Molyneux, pour établir des cartes. Depuis le vaisseau,

nous apercevons les femmes de l'île. Elles ont la même couleur de peau et la même allure que les hommes. À marée basse, ces femmes ont ramassé des coquillages en les arrachant des rochers avec un bâton, puis elles les ont entassés dans des paniers. […]

MERCREDI 5 [mai 1769] (*à l'approche de l'île du Roi-George*)
Aujourd'hui, nous avons aperçu une autre île. Elle a la forme d'un arc et c'est ainsi que le capitaine l'a appelée. L'île de l'Arc. Elle doit être habitée car des signaux de fumée montent de trois endroits différents.
Le lieutenant Gore a dit qu'il avait vu des naturels apparaître puis disparaître entre les arbres. Ils ne semblaient pas particulièrement émus par l'apparition de notre vaisseau. Pourquoi ne ressentent-ils pas autant d'excitation à notre vue, que nous à la leur?

JEUDI 6 (*à l'approche de l'île du Roi-George*)
Deux autres îles. Nous avons fait route directement vers elles jusqu'à ce que nous nous apercevions qu'elles étaient entourées de gros rochers qui se rejoignaient sous la surface de l'eau. Certains naturels marchaient le long du rivage en suivant la route de notre navire. Lorsqu'ils ont atteint l'extrémité de l'île, ils ont mis des pirogues à la mer. Le capitaine a approché l'*Endeavour* et a attendu que les insulaires viennent vers nous, mais ils se sont arrêtés à un endroit du rivage et n'ont plus avancé.
Ces hommes, comme les premiers, avaient une couleur brune très foncée. Ils tenaient des piques et ne portaient pas de vêtements, d'après ce que je pouvais voir. Leurs cheveux bruns, longs, flottaient au vent. Ils nous faisaient signe de nous approcher mais, en même temps, ils brandissaient leurs piques et hurlaient. Nous avons agité nos chapeaux vers eux et avons crié à notre tour. […]

MERCREDI 12 (*île du Roi-George*)

Quelle journée, chaude et moite ! Des naturels sont partis de l'île du Roi-George dans des pirogues, mais ils ne sont pas montés à bord. Ils voulaient simplement nous voir de plus près. Ils ont apporté des fruits et des noix de coco, dont le goût m'a paru délicieux. En échange, nous leur avons envoyé des perles de verroterie. Et ils nous ont appelés *taio*, ce qui, d'après Francis Haite, veut dire « ami ». […]

VENDREDI 14 (*île du Roi-George*)

Ce matin, nous avons trouvé notre vaisseau entouré de naturels dans leurs pirogues. Je ne parviens pas à m'habituer à la vue de tant de terre verdoyante, aux odeurs si riches qui en émanent, et qui chatouillent l'odorat, aux insulaires étranges et pleins de bonne volonté.

Ils sont sortis de leurs pirogues et sont montés à bord avec l'agilité d'une araignée. Il y avait deux chefs, parmi eux. L'un est venu voir le capitaine. L'autre, M. Banks. Les chefs ont enveloppé le capitaine et M. Banks dans une grande pièce de tissu, puis les ont serrés dans leurs bras comme s'ils étaient leurs frères bien-aimés.

En échange de cette démonstration d'amitié, il fut offert à chaque chef une hachette et quelques perles de verroterie, présents qu'ils ont grandement appréciés. Mais, peu de temps après, le docteur Solander s'est plaint qu'il s'était fait voler sa longue-vue. Le docteur Monkhouse s'est également aperçu que sa tabatière avait disparu. Les chefs ont veillé à ce que les objets soient restitués et tout s'est bien terminé.

SAMEDI 15 (*île du Roi-George*)

Mauvaise journée pour nous tous. Le capitaine a choisi l'endroit d'où il voulait faire ses observations sur le passage de Vénus pour la Royal Society. Il a pris une tente avec lui et emmené plusieurs personnes, dont John Charlton. Je ne faisais pas partie de ceux qui avaient été choisis pour aller à terre.

C'est John, pendant le petit quart, qui nous a raconté ce qui s'était passé. Il nous a dit que le capitaine avait expliqué aux habitants de l'île que notre équipage devait rester là pendant un certain temps. Puis le capitaine et les gentlemen sont partis dans les bois. Mais dès qu'ils ont été hors de vue, les naturels ont poussé une sentinelle et lui ont volé son mousquet. L'ordre fut donné par M. Monkhouse, qui est en charge des soldats de marine, d'arrêter les coupables. M. Monkhouse lui-même a tiré sur le naturel qui avait volé le mousquet, et l'a tué.

Le temps que le groupe du capitaine revienne après avoir entendu les coups de feu, le mal était fait.

Le capitaine a fait de son mieux pour apaiser les habitants de l'île avant de remonter à bord de l'*Endeavour*. Il a eu un entretien privé avec M. Monkhouse et les soldats de marine. Aucune punition ne sera infligée.

Mais un naturel est mort ce soir à cause de notre arrivée. Je comprends que le vol d'une arme à feu soit un grave méfait. Mais ce délit méritait-il vraiment un châtiment aussi sévère que la mort ?

Michael MORPURGO (né en 1943)

Le Royaume de Kensuké (1999)

(trad. Diane Ménard, Gallimard jeunesse)

Je revenais sur la plage, chargé de bois jusqu'au menton, lorsque je me rendis compte qu'il y avait moins de fumée qu'auparavant et plus de flammes du tout. C'est alors que je le vis, à travers la fumée, lui, l'orang-outan. Il était accroupi et jetait du sable sur mon feu. Il se leva et vint vers moi, sortant de la fumée. Ce n'était pas un orang-outan. C'était un homme. […]

Il était tout petit, pas plus grand que moi, et c'était le plus vieil homme que j'aie jamais vu. Il ne portait rien d'autre qu'un vieux pantalon noué autour de la taille. Un grand couteau était enfilé dans sa ceinture. Il était maigre, aussi. À certains endroits, autour du cou et de sa taille, sa peau cuivrée pendait en plis, comme s'il avait rétréci à l'intérieur. Le peu de cheveux qu'il avait sur la tête et les poils de la petite barbe qui pendait à son menton étaient fins, longs, blancs.

Je vis immédiatement qu'il était très agité. Son menton tremblait, ses yeux aux paupières tombantes lançaient des regards accusateurs et furieux.

— *Dameda! Dameda!* me hurla-t-il.

Tout son corps tremblait de rage. Je reculais tandis qu'il se précipitait vers moi en gesticulant sauvagement avec un bâton.

Il continuait à me crier quelque chose. Il avait beau être vieux et squelettique, il avançait vite, presque en courant.

— *Dameda! Dameda!*

Je ne comprenais rien à ce qu'il disait. C'était peut-être du chinois ou du japonais.

J'allais m'enfuir en courant quand Stella, qui curieusement n'avait pas aboyé, s'éloigna soudain de moi et se mit à bondir autour de lui. Ses poils n'étaient pas dressés, elle ne grognait pas. Ébahi, je la regardai lui faire fête comme à un vieil ami enfin retrouvé.

Il n'était plus qu'à quelques pas de moi quand il s'arrêta. Nous nous regardâmes en silence pendant quelques instants. Il s'appuyait sur son bâton, essayant de reprendre son souffle.

— *Americajin? Americajin?* Américain? *Eikokujin? English?*

— Oui, dis-je, soulagé d'avoir enfin compris quelque chose. Anglais, je suis anglais.

Il sembla avoir beaucoup de mal à trouver ses mots.

— Pas bon. Feu, pas bon. Compris? Pas feu.

Il avait l'air moins en colère, à présent.

— Mais mon père, ma mère pourraient le voir, voir la fumée.

Il était évident qu'il ne me comprenait pas. Je lui montrai donc la mer pour lui expliquer.

— Là, ils sont là-bas. Ils verront le feu. Ils viendront me chercher.

Il redevint aussitôt agressif.

— *Dameda !* cria-t-il en agitant son bâton vers moi. Pas feu !

Pendant un instant, je crus qu'il allait me frapper, mais il se contenta de remuer le sable à mes pieds avec son bâton. Il traçait les contours de quelque chose, en marmonnant des mots incompréhensibles dans sa barbe. On aurait dit qu'il dessinait une sorte de fruit, au début, une noix peut-être ou une cacahuète. J'avais compris.

C'était une carte de l'île. Quand il eut fini, il s'agenouilla et fit un tas de sable à chaque extrémité : les deux collines. Puis, d'un geste décidé, il traça une ligne droite, d'un bout à l'autre, en retranchant la plus petite partie de l'île de la plus grande.

— Toi, garçon. Toi, ici, me dit-il en me montrant ma caverne au bout de la plage. Toi, répéta-t-il, en enfonçant le doigt dans le tas de sable qui représentait ma colline.

Puis il se mit à écrire quelque chose sur toute la surface de sa carte en sable. Il ne traçait pas de lettres, mais des symboles — toutes sortes de signes, de pyramides, de croix, de traits horizontaux, de barres obliques et de gribouillis — et il écrivait tout à l'envers, en colonnes, de droite à gauche. Il s'accroupit et se frappa la poitrine.

— Kensuké, moi, Kensuké. Mon île.

Il abattit sa main comme un couperet, séparant l'île en deux.

— Moi, Kensuké, ici. Toi, garçon, ici.

Je compris immédiatement ce qu'il voulait dire. Soudain, il se releva et agita son bâton vers moi.

— Pars, garçon. Pas feu. *Dameda.* Pas feu. Compris ?

Je m'en allai aussitôt sans discuter. Quand, au bout d'un moment, j'osai me retourner, il s'était agenouillé près de ce qui restait de mon feu et jetait de nouveau du sable dessus.

Groupement de textes stylistique

La description de l'île

LES ÉCRIVAINS ONT toujours beaucoup aimé les îles parce qu'elles deviennent, sous leur plume, un lieu symbolique dans lequel un homme, simple visiteur ou malheureux naufragé, va à la découverte de lui-même. L'île est moins un espace clos et circonscrit par une mer ou un océan qu'une représentation mentale de celui qui y habite. Tout ce qui s'y produit, les rencontres redoutées avec des monstres terrifiants ou la domestication méthodique de la nature sauvage, révèle la vérité intérieure de l'insulaire lui-même. Elle est, pour tous ceux qui y mettent le pied, le lieu dangereux d'une expérience intérieure, la découverte de soi, d'une part de soi que la civilisation a censurée et qui resurgit au contact de la nature sauvage. C'est alors que l'île peut devenir un lieu hostile qui met en péril son frêle habitant.

Cette grande aventure est toujours précédée d'un moment obligé : la découverte de l'île. Qu'il y aborde comme Ulysse ou qu'il s'y échoue comme Robinson, c'est un lieu inconnu que le nouveau venu se doit d'explorer. Dans l'île des Cyclopes, le héros de l'*Odyssée* découvre une nature brute mais fertile où tout pousse sans intervention ni travail humains : on peut lire cette agréable terre en friche comme la métaphore d'une humanité primitive, une nature vierge dont l'homme n'a pas encore exploité les nombreuses virtualités. La situation est bien différente pour Robinson qui a conscience de troubler l'ordre naturel quand il fait feu dans l'île sur laquelle il a fait naufrage : l'âge d'or antique, placé sous la bienfaisante tutelle des dieux, a cédé la place à une nature inconnue et inhospitalière. L'horreur, chez Marmontel, laisse place à l'admiration face à la puissance sublime de la nature. Chez Edgar Poe, l'île se scinde en deux paysages contraires, image romantique de l'homme partagé entre la beauté et la laideur, la calme rationalité de la vie éveillée et l'agitation irrationnelle du rêve. Chez Golding, en revanche, c'est un univers paradisiaque que découvrent des enfants (dont le bateau a coulé et qui a englouti leurs parents), mais qui deviendra vite le lieu d'affrontements.

HOMÈRE

Odyssée

(trad. Hélène Tronc, Folioplus classiques n° 18)

Nous atteignîmes ensuite la terre des Cyclopes, des brutes sans lois qui s'en remettent aux dieux immortels et ne plantent jamais de leurs mains ni ne labourent la terre. Chez eux, tout pousse sans semence et sans labour : le froment, l'orge et la vigne dont les grappes sont gonflées par les pluies de Zeus. Ils n'ont ni assemblées où délibérer ni lois. Ils vivent dans des cavernes profondes, au sommet de montagnes escarpées. Chacun impose sa loi à ses femmes et à ses enfants ; personne ne se mêle des affaires des autres. Une petite île se trouve au large du port des Cyclopes, ni trop près, ni trop loin. Elle est couverte de bois où les chèvres sauvages prolifèrent car elles n'ont pas à craindre la venue des hommes, et les chasseurs, qui s'épuisent à parcourir les forêts au sommet des montagnes, n'y viennent pas non plus. Cette île est donc dépourvue de troupeaux et de cultures ; dépourvue de semences et de labour, elle reste privée d'habitants et ne nourrit que des chèvres bêlantes. Les Cyclopes n'ont pas de navires aux flancs écarlates, ni de constructeurs capables de leur bâtir de solides vaisseaux en bois pour transporter les marchandises, aller vers les cités des hommes — c'est ainsi que les hommes, eux, se rendent d'un pays à l'autre, en traversant la mer — et rendre cette île opulente. Car elle n'est pas stérile et pourrait produire des fruits en toute saison. On y trouve des prairies humides et grasses, près des rivages de la mer blanchie par l'écume où les vignes seraient éternelles. Il serait facile de labourer les terres de l'intérieur et, la saison venue, de récolter une moisson abondante car le sol y est très fertile. Une rade abritée forme un excellent port où les amarres, les ancres et les cordages sont inutiles, et dans lequel les navigateurs peuvent séjourner longtemps, jusqu'à ce que leur cœur les incite au départ et que les vents se lèvent. Au fond du port coule une eau limpide : une source jaillit dans une grotte cernée de peupliers. Nous mouillâmes en ce lieu.

Daniel DEFOE (1660-1731)

Robinson Crusoé (1719)

(trad. Pétrus Borel, Folio classique n° 3510)

Après le naufrage, Robinson entreprend de sauver la cargaison du navire échoué et de découvrir les lieux.

Si tôt que je trouvai assez d'eau — mon radeau tirait environ un pied — je le poussai sur le terrain plat, où je l'attachai ou amarrai en fichant dans la terre mes deux rames brisées ; l'une d'un côté près d'un bout, l'autre du côté opposé près de l'autre bout, et je demeurai ainsi jusqu'à ce que le jusant eût laissé en sûreté, sur le rivage, mon radeau et toute sa cargaison.

Ensuite ma première préoccupation fut de reconnaître le pays, et de chercher un endroit favorable pour ma demeure et pour ranger mes bagages, et les mettre à couvert de tout ce qui pouvait advenir. J'ignorais encore où j'étais. Était-ce une île ou le continent ? Était-ce habité ou inhabité ? Étais-je ou n'étais-je pas en danger des bêtes féroces ? À un mille de moi au plus, il y avait une montagne très haute et très escarpée qui semblait en dominer plusieurs autres dont la chaîne s'étendait au nord. Je pris un de mes fusils de chasse, un de mes pistolets et une poire à poudre, et armé de la sorte je m'en allai à la découverte sur cette montagne. Après avoir, avec beaucoup de peine et de difficulté, gravi sur la cime, je compris, à ma grande affliction, ma destinée, c'est-à-dire que j'étais dans une île au milieu de l'Océan, d'où je n'apercevais d'autre terre que des récifs fort éloignés et deux petites îles moindres que celles où j'étais, situées à trois lieues environ vers l'ouest.

Je reconnus aussi que l'île était inculte, et que vraisemblablement elle n'était habitée que par des bêtes féroces ; pourtant je n'en apercevais aucune ; mais, en revanche, je voyais quantité d'oiseaux dont je ne connaissais pas l'espèce. Je n'aurais pas même pu, lorsque j'en aurais tué, distinguer ceux qui étaient bons à manger de ceux qui ne l'étaient pas. En revenant, je tirai sur un gros oiseau que je vis se poser sur un arbre, au bord d'un grand bois ; c'était, je pense, le premier coup de fusil qui eût été tiré en ce lieu depuis la création du monde. Je n'eus pas plus tôt fait feu, que de toutes les parties du bois il s'éleva un nombre innombrable d'oiseaux de diverses espèces, faisant une rumeur confuse et criant chacun selon sa note accoutumée. Pas un d'eux n'était d'une espèce qui me fût connue. Quant à l'animal que je tuai, je le pris pour une sorte de faucon ; il en avait la couleur et le bec, mais non pas les serres ni les éperons ; sa chair était puante et ne valait absolument rien.

Jean-François MARMONTEL (1723-1799)

*Les Incas ou La Destruction
de l'empire du Pérou* (1777)

L'île de la Gorgone est digne de son nom. Elle est l'effroi de la nature. Un ciel chargé d'épais nuages, où mugissent les vents, où les tonnerres grondent, où tombent, presque sans relâche, des pluies orageuses, des grêles meurtrières, parmi les foudres et les éclairs ; des montagnes couvertes de forêts ténébreuses, dont les débris cachent la terre, et dont les branches entrelacées ne forment qu'un épais tissu, impénétrable à la clarté ; des vallons fangeux, où sans cesse roulent d'impétueux torrents ; des bords hérissés de rochers, où se brisent, en gémissant, les flots émus par les tempêtes ; le bruit des vents dans les forêts, semblable aux hurlements des loups et au glapissement des tigres ; d'énormes couleuvres qui rampent sous l'herbe humide des marais, et qui de leurs vastes replis embrassent la tige des arbres ; une multitude d'insectes, qu'engendre un air croupissant, et dont l'avidité ne cherche qu'une proie : telle est l'île de la Gorgone, et tel fut l'asile où Pizarre vint se réfugier avec ses compagnons.

Ils furent tous épouvantés à l'aspect de ce noir séjour, et Pizarre en frémit lui-même ; mais il n'avait point à choisir. Son vaisseau n'eût pas résisté à une course plus longue. En abordant, il déguisa donc, sous l'apparence de la joie, l'horreur dont il était saisi.

Son premier soin fut de chercher une colline, où la terre ne fût jamais inondée, et qui, voisine de la mer, permît de donner le signal aux vaisseaux. Malgré l'humidité des bois dont la colline était couverte, il s'y fit jour avec la flamme. Un vent rapide alluma l'incendie ; et le sommet fut dépouillé. Pizarre s'y établit, et y éleva des cabanes, environnées d'une enceinte.

« Amis, dit-il, nous voilà bien. Ici la nature est sauvage, mais féconde. Les bois y sont peuplés d'oiseaux ; la mer y abonde en poissons ; l'eau douce y coule des montagnes. Parmi les fruits que la nature nous présente, il en est d'assez savoureux pour tenir lieu de pain. L'air est humide dans les vallons ; il l'est moins sur cette éminence ; et des feux sans cesse allumés vont le purifier encore. Sous des toits épais de feuillages, nous serons garantis de la pluie et des vents. Quant à ces noirs orages, nous les contemplerons comme un spectacle magnifique ; car les horreurs de la nature en augmentent la majesté. C'est ici qu'elle est imposante. Ce désordre a je ne sais quoi de merveilleux qui agrandit l'âme, et l'affermit en l'élevant. Oui, mes amis, nous sortirons d'ici avec un sentiment plus sublime et plus fort de la nature et de nous-mêmes. Il manquait à notre courage d'avoir été mis à l'épreuve du choc de ces fiers éléments. Du reste, n'imaginez pas que leur guerre soit sans relâche : nous aurons des jours plus sereins ; et pendant le silence des vents et des tempêtes, le soin de notre subsistance sera moins pour nous un travail, qu'un exercice intéressant. »

Ce fut ainsi que d'un séjour affreux, Pizarre fit à ses compagnons une peinture consolante. L'imagination empoisonne les biens les plus doux de la vie, et adoucit les plus grands maux.

Edgar Allan POE (1809-1849)

« L'île de la fée »
dans *Nouvelles histoires extraordinaires* (1845)
(trad. Charles Baudelaire, Folio classique n° 801)

Ma position me permettait d'embrasser d'un seul coup d'œil les deux extrémités, est et ouest, de l'îlot ; et j'observai dans leurs aspects une différence singulièrement marquée. L'ouest était tout un radieux harem de beautés de jardin. Il s'embrasait et rougissait sous l'œil oblique du soleil, et souriait extatiquement par toutes ses fleurs. Le gazon était court, élastique, odorant, et parsemé d'asphodèles. Les arbres étaient souples, gais, droits, — brillants, sveltes et gracieux —, orientaux par la forme et le feuillage, avec une écorce polie, luisante et versicolore. On eût dit qu'un sentiment profond de vie et de joie circulait partout ; et, quoique les Cieux ne soufflassent aucune brise, tout cependant semblait agité par d'innombrables papillons qu'on aurait pu prendre, dans leurs fuites gracieuses et leurs zigzags, pour des tulipes ailées.

L'autre côté, le côté est de l'île, était submergé dans l'ombre la plus noire. Là, une mélancolie sombre, mais pleine de calme et de beauté, enveloppait toutes choses. Les arbres étaient d'une couleur noirâtre, lugubres de formes et d'attitude, — se tordant en spectres moroses et solennels, traduisant des idées de chagrin mortel et de mort prématurée. Le gazon y revêtait la teinte profonde du cyprès, et ses brins baissaient languissamment leurs pointes.

William Golding (1911-1993)

Sa Majesté des Mouches (1954)

(trad. Lola Tranec, La bibliothèque Gallimard n° 97)

La plage s'interrompait brusquement devant le carré massif d'un vaste plateau de granit rose que formait le paysage à cet endroit. Il se frayait un passage d'autorité à travers la forêt et la terrasse, le sable et le lagon, pour former une jetée surélevée d'environ un mètre de haut. Elle était recouverte d'une mince couche de terre et d'herbe drue, et ombragée par de jeunes palmiers. Les arbres n'y avaient pas assez de terre pour croître en hauteur et, dès qu'ils atteignaient six à huit mètres de haut, ils s'affaissaient sur le sol en un fouillis de troncs qui fournissaient des sièges très pratiques. Ceux qui restaient debout formaient une voûte verte, à l'intérieur moiré par les reflets frémissants du lagon. Ralph se hissa sur le plateau, trouva agréables la fraîcheur et l'ombre qui régnaient, ferma un œil et décida que les reflets sur son corps étaient vraiment verts. Il se fraya un chemin vers le bord du plateau qui surplombait la mer et la contempla. L'eau était si claire qu'on voyait le fond et les couleurs vives des coraux et des végétations tropicales. Un banc de poissons minuscules et scintillants se déplaçait par saccades. Ralph poussa une exclamation de plaisir sur un ton de basse :

— Pfuischt !

Plus loin d'autres délices s'offraient à lui.

Chronologie

Michel Tournier et son temps

1.

Une formation de philosophe

Michel Tournier naît le 19 décembre 1924 à Paris. Ses parents sont des universitaires germanistes qui lui font très tôt connaître la culture allemande, qui occupe une grande place dans sa vie et son œuvre littéraire ; la religion chrétienne est également très présente dans son éducation et l'on retrouve dans ses ouvrages, et dans *Vendredi ou La Vie sauvage* en particulier, une forte présence des règles religieuses. L'enfant fait ses études à Saint-Germain-en-Laye (collège Saint-Éremberg) puis à Neuilly (lycée Pasteur), avant de devenir pensionnaire à Alençon, jusqu'à son retour à Paris où il étudie le droit et les lettres (université de la Sorbonne). Il obtient un Diplôme d'études supérieures de philosophie, et son goût pour l'Allemagne fait de lui l'un des premiers chercheurs à retourner dans ce pays ravagé par la Seconde Guerre mondiale. Il travaille à l'université de Tübingen de 1946 à 1949, puis revient en France avec l'intention de devenir enseignant. Il passe le concours de l'agrégation de philosophie mais il échoue et choisit alors de devenir journaliste à la radio (Europe 1). En 1958, il devient directeur des services littéraires des éditions Plon et collabore avec différents journaux (*Les Nouvelles littéraires*, *Le Monde*, *Le Figaro*).

À la lumière de ses années de formation et de ses premières activités professionnelles, on comprend l'esprit des livres écrits par Michel Tournier : il a dans toute son œuvre le souci de concilier les idées agitées par la philosophie et la fiction propre aux romans. L'écriture du mythe est pour lui le moyen de réunir les deux univers : « Le passage de la métaphysique au roman devait m'être fourni par les mythes », écrit-il dans *Le Vent Paraclet*.

1929   Grave crise économique.
1933   Accession d'Hitler au pouvoir en Allemagne.
1939   Début de la Seconde Guerre mondiale.
1945   Fin de la Seconde Guerre mondiale.

2.

Un romancier à succès

Directeur littéraire chez Plon, Michel Tournier s'occupe des livres des autres mais commence aussi à écrire ses premiers récits en marge du courant du Nouveau Roman. On le classe volontiers comme auteur de « romans paraboles », à côté de Marguerite Yourcenar et de J.M.G. Le Clézio. Après une longue maturation, il publie en 1967 son premier roman, *Vendredi ou Les Limbes du Pacifique*. Le succès est immédiat et l'ouvrage est couronné par le Grand prix de l'Académie française. Il y reprend le mythe de Robinson Crusoé mais en inverse l'issue et les conclusions : Robinson cesse d'être un instituteur et un maître pour devenir un disciple du sauvage qui l'initie à un retour salutaire à la vie sauvage.

En 1970, il reçoit le prix de l'Académie Goncourt pour *Le Roi des Aulnes* qui revisite le mythe de l'ogre : Abel Tiffauges, un soldat français fait prisonnier en Allemagne, est chargé par les nazis de pourvoir en enfants le camp militaire ; cet être monstrueux convaincu de se transformer en ogre finit cependant par sauver la vie d'un jeune enfant juif. Ces deux ouvrages assoient définitivement la notoriété de l'auteur qui siège, à partir de 1972, à l'Académie Goncourt. Il se consacre dès lors à la littérature et publie romans, contes et nouvelles où le mythe occupe toujours une place centrale. La légende des jumeaux, à travers l'histoire de Castor et Pollux, lui inspire *Les Météores* (1975), tandis que le récit biblique des Rois mages donne naissance à *Gaspard, Melchior et Balthazar* (1980) : Taor, quatrième roi selon la mythologie russe, avait traversé l'Inde mais n'avait pas atteint son but à temps ; il avait cependant pu sauver plusieurs enfants du massacre des innocents. Un épisode de l'histoire française lui fournit le sujet du roman suivant, *Gilles et Jeanne* (1983), où apparaît le personnage de Jeanne d'Arc.

Comme c'était le cas dans *Vendredi ou Les Limbes du Pacifique*, Michel Tournier s'applique à renouveler le mythe dont il s'inspire. Cela veut dire qu'il change l'histoire elle-même, retranche ou invente des épisodes nouveaux ; cela veut dire surtout qu'il modifie la leçon traditionnelle que transmet le mythe originel : contre l'éloge de la civilisation occidentale que prononce Defoe dans son *Robinson* de 1719, Michel Tournier vante les vertus de la vie sauvage dans ses deux *Vendredi* de 1967 et 1977. Lorsque, par exemple, il évoque l'opposition entre les deux frères Caïn et Abel, il choisit de faire gagner celui qui dans la Bible est vaincu : Caïn sort glorieux alors qu'il incarne le personnage maudit par excellence.

1954-1962   Guerre d'Algérie.
1954   William Golding, *Sa Majesté des Mouches*.
1958   Début de la ve République. De Gaulle président.
1968   Mai : révolte étudiante et ouvrière.
1973   Choc pétrolier. Début de la crise économique.

3.

Les adolescents pour public

Michel Tournier cherche donc à introduire dans l'univers du roman tout à la fois des mythes nouveaux et des idées philosophiques. Le roman doit servir à renouveler des mythes anciens qui courent le risque de mourir, c'est-à-dire de ne plus rien signifier pour nous. Il faut par conséquent réécrire l'histoire, au risque de la modifier radicalement, afin qu'elle continue à nous apprendre quelque chose. Ainsi revisité, le mythe est chargé d'interrogations graves et complexes. C'est vrai pour tous les romans qu'écrit Michel Tournier, ceux pour adultes comme ceux pour adolescents.

Un livre de jeunesse n'est pas moins profond que ne l'est un livre ordinaire :

> Je n'écris pas pour les enfants, j'écris avec un idéal de brièveté, de limpidité et de proximité du concret. Lorsque je réussis à approcher cet idéal — ce qui est hélas rare — ce que j'écris est si bon que les enfants aussi peuvent me lire.

Le jeune public conduit l'auteur à être plus exigeant avec lui-même, comme cela a été le cas avec la réécriture de *Vendredi ou Les Limbes du Pacifique* en 1977. Ne nous étonnons pas alors de l'entendre dire que ses contes *Pierrot ou Les Secrets de la nuit* (1979) et *Amandine ou Les Deux Jardins* sont ses meilleurs ouvrages, dotés, il est vrai, d'une véritable dimension philosophique. Il écrit par la suite encore beaucoup d'ouvrages pour la jeunesse : *Barbedor* (1980), *Que ma joie demeure* (1982), *Les Rois mages* (1983), *La Couleuvrine* (1994), etc.

Dans *Le Coq de bruyère* (1978), on trouve une *Fin de Robinson* qui nous montre la vie de Robinson âgé, revenu à la civilisation, mais qui a sombré dans l'alcoolisme… Décidément, Michel Tournier n'en finit pas de s'amuser avec les mythes anciens et leurs réécritures modernes.

Éléments pour une
fiche de lecture

Regarder l'illustration

- Diriez-vous de ce tableau qu'il est harmonieux ?
Chatoyant ? Exubérant ? Réaliste ? Imaginaire ? Gai ?
Attirant ? Angoissant ? Trouvez trois qualificatifs
supplémentaires, hors de cette liste, pour le décrire.
- Combien de couleurs principales discernez-vous
dans le tableau ? Comment le peintre les décline-t-il ?
Comparez par exemple la fleur centrale et la montagne en arrière-plan, l'oiseau et les feuilles de la
plante.
- Observez le ciel. De quelle couleur est-il ? Le soleil
se lève-t-il ou se couche-t-il ? Malgré la nature verdoyante, avez-vous une impression de chaleur ?
- Est-ce ainsi que vous imaginez l'île de Robinson
lorsque Tournier la décrit ?

L'intrigue

- Rapportez par une ou deux phrases ce qui ce passe
dans chaque chapitre ; puis réunissez toutes les
phrases pour constituer un résumé du livre.
- Pouvez-vous reconnaître les cinq moments du
schéma narratif (la situation initiale, l'élément

perturbateur, l'action, l'élément de résolution, la situation finale) ?
- Choisissez un passage qui vous a plu. Dites ce qui vous a captivé.

Le temps

- Combien de temps Robinson reste-t-il sur son île ?
- Combien de pages du livre sont consacrées à chaque moment de sa vie ?

Le narrateur

- Qui raconte l'histoire ? Est-ce Michel Tournier, l'auteur du livre ? Comment le narrateur peut-il savoir tout de la vie et des sentiments de Robinson ? Relevez les questions qu'il pose au lecteur. Pourquoi fait-il cela ?
- Michel Tournier aurait-il pu choisir une autre façon de raconter la même histoire. Si oui, de quelle façon ?

Les personnages

- Robinson et Vendredi évoluent du début jusqu'à la fin du roman. Évoluent-ils autant l'un et l'autre ? Comment peut-on caractériser l'évolution de chacun ?
- Faites le portrait de Robinson en précisant : 1) son nom ; 2) son apparence physique ; 3) son caractère ; 4) son rôle dans le monde qui l'entoure ; 5) l'action qu'il accomplit ; 6) les valeurs qu'il incarne. Faites ensuite la même chose pour Vendredi.

Le mythe

• Robinson et Vendredi sont beaucoup plus que deux individus singuliers ; ils incarnent deux modes de vie dans lesquels chacun d'entre nous est invité à se reconnaître. Relevez des détails appartenant à la vie de chacun d'eux et associez à chaque détail précis un comportement général.

Écriture

• Écrivez un portrait araucan sur un objet de votre choix.
• Quelle aurait pu être la vie sur l'île si Vendredi n'était pas parti sur le navire ?
• Imaginez la vie de Vendredi sur le navire. Écrivez une suite heureuse et une suite tragique.

Composition Bussière
Impression Novoprint
le 20 mars 2015
Dépôt légal : mars 2015
1ᵉʳ dépôt légal dans la collection : mai 2005

ISBN 978-2-07-030760-9/Imprimé en Espagne.

287479